너의 이야기를 먹어 줄게 2

너의 이야기를 먹어 줄게 2

명소정 장편소설

수명을 먹는
나의 수호신

이지북
EZbook

차례

1. 죽음 동의서

혜성의 신경은 온통 주차장에서 주운 깃털에 쏠려 있었다. 두 팔을 벌린 만큼 기다란 것이 평범한 새의 깃털이라고는 생각하기 어려웠다. 그러나 깃털의 존재를 진지하게 고민할 여유가 도무지 없었다. 이 학교의 학생으로 살아가기로 한 이상 바쁘게 살아야 했다.

혜성이 고민 상담부에 들어온 지도 일주일이 지났다. 혜성이 1학기 내내 상담부 활동을 했다는 것을 모르는 세월은 뉴페이스인 그가 괜히 신경 쓰였다. 처음 만났을 때부터 태도가 범상치 않았는데, 상담부 일도 신기할 정도로 능숙한 것이 계속 마음에 걸렸다.

세월은 부 활동 계획서 작성을 끝내자마자 반납 도서를 한 손으로 집어 들고 책장을 향해 걸어갔다. 몇 걸음 떼기 무섭게, 누군가 세월의 뒤에 따라붙었다.

"도와줄까?"

뭐라 답하기도 전에 혜성은 재빨리 세월이 들고 있던 책 절반을 집어 들었다. 비슷한 분류 번호끼리 책들을 모아 둔 탓에, 세월과 혜성은 책을 정리하는 내내 붙어 있어야 했다. 세월은 혜성이 이렇게 살갑게 다가오는 것이 낯설지만은 않았다. 다만 저녁시간이라 학생들이 적어 지나치게 조용한 공기가 괜히 불편했다. 그게 세월 쪽에서 먼저 침묵을 깨게 된 이유였다.

"그 얘기 들었어? 6반에 학생이 새로 왔다던데."

"그럴 리가. 입학시험도 따로 봐야 하는 학교인데 어떻게 전학생이 오겠어."

"전학 온 건 아니고, 입학하자마자 몸이 아파서 휴학했대. 그래서 이번 학기부터 나온 거라더라."

평소라면 그냥 넘길 말이었지만, 그 깃털을 보고 난 후여서 혜성은 흘려들을 수가 없었다. 지난 학기에 휴학한 학생이 있다는 말을 들은 기억이 없었다.

"요즘 들어 수상한 일은 없었어?"

"수상한 일?"

"아무거나. 그 애에 대한 소문을 들었다거나."

세월은 최근 일주일 동안 있었던 일을 떠올렸다. 떠올릴수록 하나를 꼽기가 어려웠다. 일상이 평범해서가 아니었다. 요즘은 마치 그림 위에 억지로 색을 덧입혀 숨긴 것처럼 이질감이 느껴졌다. 원래는 이러지 않았던 것 같은데. 특별한 일 하나 없는 것은 평소와 똑같은데도 무언가가 빠진 기분이었다.

세월의 일상을 뒤바꿔 놓을 정도로 특별한 무언가가.

"며칠 전에 지난 학기 상담 기록을 정리했거든."

"그런데?"

"지우개로 지운 자국이 있더라고. 보통 이미 기록해 둔 걸 일부러 지우지는 않는데."

"처음 쓸 때 지웠던 거 아냐?"

아마 그렇겠지, 라며 세월은 하던 일을 마저 이어 갔다. 혜성은 어떻게든 화제를 돌리려 했으나 이어지는 세월의 말은 끊길 기색이 보이지 않았다.

"있잖아, 네가 수상한 일이 없었냐고 물어보기 전까지

는 별로 대수롭지 않게 생각했거든?"

"실제로 그렇잖아."

"아냐. 아무래도 이상해. 읽을 땐 몰랐는데 지금 생각해 보니 어딘가 아귀가 안 맞아. 소설가를 포기하고 싶다고 고민하던 애가 갑자기 왜 소설을 쓰고 싶은 것 같다며 상담을 받으러 와? 마치……."

기억을 잃기라도 한 것처럼. 그 말이 이어지면 돌이킬 수 없다. 혜성은 들고 있던 책을 바닥에 와르르 쏟았다. 세월은 갑작스러운 큰 소리에 화들짝 놀라 혜성 쪽으로 고개를 돌렸다.

"뭐야, 다쳤어? 괜찮아?"

일부러 책을 떨어뜨린 게 들키지 않은 듯해서 혜성은 안심했다.

"아, 아니. 갑자기 힘이 풀려서. 내가 정리할게, 미안."

혜성은 바닥에 아무렇게나 널브러져 있는 책을 보며 세월과 처음 만난 날을 떠올렸다. 눈앞에 괴물이 있는데도 책이 망가졌다는 사실에 더 신경 쓰던 모습이 아직도 선명했다. 마냥 차갑게 가라앉아 있다고만 생각했던 세월이 상기된 얼굴로 자신을 바라보았던 시선도 또렷했다.

거기에 담긴 감정이 결코 평범치 않다고 확신한 건 세월의 기억을 먹은 후였다.

이제 세월은 그런 감정을 품고 있지 않다. 그 감정은 이제 온전히 혜성만의 것이다. 그래도 처음 만났을 때보다 더 밝아진 세월의 얼굴에, 그때의 시간이 완전히 사라진 것은 아니라 여겼다.

다행이라고 생각했다. 떨어진 책보다 다칠 뻔한 자신을 먼저 쳐다봐 줘서.

* * *

여름방학이라는 유예 기간을 갖고도 내 생각은 여전히 그대로였다. 기숙사 방문에 걸린 '유성단'이라는 글자가 도무지 내 이름처럼 느껴지지 않았다. 나는 제자리에 있는데, 내 주변의 모든 것은 시간을 따라 나를 추월하고 멀어져만 갔다.

개학한 지 며칠 지나지 않은 오늘, 나는 계획한 것을 시도하기로 했다. 학생들이 방과 후에도 종종 사용하는 몇몇 교실은 저녁시간에도 여전히 열려 있었다. 5층 구석의 교실도 그중 하나였다. 그곳에 들어가 창문 너머를 내려다보자 회색빛 시멘트 바닥이 눈에 들어왔다. 그걸 바라보는 것만으로도 손끝이 떨려 왔다. 몇 번이고 심호흡을 한 뒤에야 창틀 위로 겨우 손을 가져다 댈 수 있었다. 그대로 창문을 열려던 순간, 겨우 다진 각오가 한순간에 무너져 버렸다. 뒤에서 들려온 낯선 목소리 탓이었다.

"뛰어내리려고?"

아직 창문을 열지도 않았는데, 내 속내를 들여다보기라도 한 듯 확신에 찬 말투에 심장이 쿵 내려앉았다. 목소리를 따라 천천히 고개를 돌렸다. 처음 보는 여자애가 나를 향해 걸어오더니 창틀에 기대어 나와 마주 섰다.

"이 높이에서 떨어져 봤자 바로는 못 죽을걸. 아플 건 다 아프고 난 뒤에야 죽겠지."

"뭐?"

"며칠 사경을 헤맬 거야. 어쩌면 더는 혼자서 뛰어내릴 수 없는 상태가 될지도 모르지."

어떻게 그걸 확신하냐고 반문하기도 전에 머릿속에 온몸이 부러진 채로 고통을 견뎌 내는 내 모습이 떠올랐다. 죽음까지 생각한 마당에 아플 것이 두렵다니 어쩐지 허탈

했다. 다리에 힘이 풀려 털썩 주저앉자 그 애가 눈높이를 맞추려는 듯 몸을 낮췄다.

"이제 떨어져 죽을 생각은 없나 보네? 죽을 생각은 여전히 있어 보이지만."

얼굴을 빤히 바라보는 시선에 괜히 민망해져 얼굴을 돌렸더니, 그 애가 내 양 볼을 붙잡고 자기 쪽으로 홱 잡아끌었다.

"너, 넌 누구야?"

공포가 밀려와 나도 모르게 말을 더듬었다. 그런 나를 비웃는 듯한 모습에 소름이 끼쳤다. 혹시나 내 질문이 그 애를 자극한 것은 아닐까 두려워졌다.

"소문이 느리네. 학교에 한 학기 만에 나온 애가 있단 얘기, 못 들었어?"

모를 수가 없었다. 개학식 날 그 이야기로 반 전체가 떠들썩했으니까. 처음에는 입학하자마자 한 학기를 통째로 쉬는 게 가능하냐며 의심하기도 했다. 하지만 시간이 지나자 소문에 딴지를 거는 사람은 아무도 없었다. 나도 그때는 대수롭지 않게 넘겼는데, 막상 소문 속 주인공을 마주하니 그 점이 찜찜했다. 워낙 인상 깊었던 소문이라 이름도 기억이 난다. 서영명이랬나.

"대답 좀 해 봐. 왜 떨고만 있어. 괴물이라도 본 사람처럼."

괴물이라니. 이상한 애의 헛소리로 생각해도 될 말이다. 그런데 도무지 그 말을 편히 흘려들을 수가 없었다. 나는 일어날 생각도 하지 못하고 몸을 뒤로 끌며 점점 영명에게서 멀어졌다.

"왜 무서워해? 어차피 죽을 생각이었으면서. 나한테 죽어도 문제없는 거 아니야?"

설령 오늘 목숨을 끝내기로 했다 하더라도 본능적인 공포는 이겨 낼 수 없었다. 잠깐 손이 닿았을 뿐인데 영명이 잡았던 볼이 아직도 서늘했다.

"나, 난 이만 가 봐야 해. 벌써 자율학습 시간이고, 그리고……."

"그래서, 내일로 미루게? 내일은 안 아프게 죽을 자신 있고?"

창밖으로 몸을 내던지려던 내가 할 말은 아니었으나 영명은 죽는다는 말을 너무나도 쉽게 입에 올렸다. 마치 대수롭지 않은 일인 것처럼.

"도와줄게."

"뭐?"

"내가 도와줄 수 있어. 나라면 순식간에 처리할 수 있으니까 아프다는 생각이 들기도 전에 끝날 거야."

처음에는 나를 말리기 위해 자존심을 건드리는 거라고 생각했다. 그러나 말이 이어질수록 악의인지 호의인지 알 수 없는 압박감이 점점 내 몸을 죄어 왔다.

영명은 교실 밖으로 잠깐 시선을 두고는 희미하게 미소 지으며 말했다.

"원한다면 네 존재 자체를 다른 사람의 기억에서 지워줄 수도 있지. 네 죽음이 사람들 입에 오르내리는 게 싫다면 말이야."

"지울 수 있다고?"

그게 정말로 가능하다면, 그거야말로 내가 바라는 이상적인 결말이다. 내 죽음이 누군가에게 의미를 남길지도 모른다는 두려움이 내내 발목을 잡아 왔기 때문이다.

"흥미가 있나 봐? 얼굴에 생기가 도는데."

영명이 무섭다고 느껴질수록 헛소리라 생각했던 제안이 점점 그럴듯하게 느껴졌다. 미처 지우지 못한 의문이

내 얼굴 위로 드러났는지 영명은 앞으로 일어날 일은 비밀로 하라는 듯 숨을 죽인 채 말했다.

"곧 믿게 될 거야. 내 말이 사실이라는 걸."

그 말을 듣는 순간, 나는 영명의 눈이 아닌 등 쪽으로 시선을 옮길 수밖에 없었다. 하얀 연기가 어깨와 등 전체를 감싸며 천천히 피어오르더니 이내 하나의 형태로 서서히 뭉쳐졌다. 그렇게 만들어진 건 천사를 연상시킬 정도로 새하얀 날개였다. 그러나 금빛으로 빛나는 영명의 매서운 눈동자는 천사와 거리가 멀었다. 괴물이라는 말밖에 떠오르지 않는 형상이었다. 너무 놀라 몸이 뒤로 넘어갈 뻔한 찰나, 영명이 내 목덜미를 받쳐 주었다.

"조심해야지. 고작 이런 걸로 놀라면 다음 이야기는 꺼내지도 못하는데."

놀란 마음을 진정시키기도 전에 종이 한 장이 불쑥 내 앞에 들이밀어졌다. 맨 위에 적힌 제목이 제일 먼저 눈에 들어왔다.

"죽음…… 동의서?"

"말 그대로야. 이게 보통 까다로운 일이 아니라서 말이야. 일단 여기 빈칸을 채워 주면 돼."

영명은 주머니에서 펜을 꺼내 종이와 함께 내밀었다. 둘 다 받아 든 후 천천히 내용을 살폈다. 아직 공란으로 남아 있는 부분이 금방 눈에 들어왔다. 공란 앞에는 '사망 사유'라고 쓰여 있었다.

펜을 든 손이 버티기 힘들 정도로 흔들렸다. 죽어서라도 피하고 싶었던 사실을 그대로 적기에는 용기가 없었다. 애초에 내가 그럴 수 있는 사람이었다면 이런 식으로 도망치지도 않았을 것이다. 나는 나조차도 보지 못하게 숨겨 둔 진실을 감싸고 포장하기를 반복하며, 죽을 이유로 납득할 만한 이유를 써냈다.

내 삶은 아무런 가치도 없기 때문에.

종이에서 펜을 떼자마자, 영명은 종이를 확 가로채더니 내용을 보고는 미간을 찌푸렸다.

"너무 추상적이야."

"그, 그러면 안 돼?"

"안 된다는 건 아닌데, 이유가 두루뭉술하면 증명하기가 힘들잖아?"

그 말에 다시 종이를 받아 확인하니 아까는 없던 또 다른 공란이 내가 쓴 이유 아래에 나타나 있었다.

"서명? 내 서명으로 어떻게 증명을 해?"

"네 서명을 말하는 게 아니야."

섬뜩한 예감에 저절로 손에 힘이 잔뜩 들어갔다. 이어지는 말을 듣고 나자, 움켜쥐었던 펜이 손가락에서 스르르 빠져 나갔다.

"증인의 서명을 원하는 거지."

"뭐?"

"뭐긴. 네가 쓴 이유에 동의하는 사람을 찾으라는 소리야."

증인이라니. 내가 죽어야 할 이유에 동의해 줄 사람을 찾아가 직접 서명을 받으라고?

"아, 혹시나 해서 말해 두는 거지만, 내 눈 밖에서 몰래 죽으려는 생각은 하지 마. 계약서를 쓴 이상 나 없이 다른 방법으로 죽으려는 건 어떻게든 막을 거니까."

그래. 이건 꿈이다. 현실에 날개 달린 사람이 존재할 리 없으니까. 나는 마지막 남은 힘을 쥐어짜 몸을 일으켰다. 그리고 그대로 교실 바깥으로 뛰쳐나갔다.

"뭐야, 그냥 가게? 아직 말해 줄 게 많이 남았는데!"

목소리가 점점 멀어지는데도 도무지 마음이 진정되지 않았다. 다리에 바짝 힘을 줘도 원하는 만큼 속도가 나지 않았다. 뒤쪽에서 흐릿하게 영명의 마지막 말이 들려왔다. 통성명은 하고 가야지. 서영명이야, 내 이름은. 그렇게 영명이라는 이름은 무시하기도 힘들 만큼 뇌리에 또렷하게 새겨졌다.

2. 깃털의 주인

혜성에게는 특별할 것 없는 하루였다. 교실에 두고 온 짐을 가지러 가는 것. 그게 오늘 저녁 할 일의 전부였다.

아무도 없어야 할 복도 구석의 교실에서 웅성거리는 소리가 들렸다. 가야 할 교실과는 반대 방향이었음에도, 혜성의 발걸음은 소리를 따라 움직였다. 괴물이 아니었다면 듣기 어려울 작은 소리였다. 조금 더 다가가자 두 명의 목소리가 또렷하게 들렸다. 남학생의 목소리는 유난히 작다는 것 외에는 평범했다. 혜성의 신경을 계속 건드리는 것은 다른 쪽이었다. 언뜻 들어서는 평범한 여학생 목소리 같다가도, 말 한마디 한마디가 등줄기를 타고 올라오듯 온몸에 소름이 끼쳤다. 분위기도 위협적이었지만, 무엇보다 신경 쓰이는 것은 내용이었다.

'죽으려는 걸 말리지는 못할망정, 오히려 돕는다고?'

대체 무슨 짓인가 싶어 계속 듣고 있는데 기억을 지워 준다고 호언장담하는 말에 번뜩 정신이 들었다. 문에 달린 유리창 너머로 안을 들여다봤을 때, 여학생의 시선이 혜성과 마주쳤다. 분명 혜성이 엿듣는 줄은 몰랐을 텐데, 여학생은 당황한 기색 없이 여유로운 미소만 씩 지어 보였다.

"곧 믿게 될 거야. 내 말이 사실이라는 걸."

그 말과 함께 여학생의 등에서 하얀 연기가 피어올랐다. 연기는 날개가 되고 온화해 보이던 눈동자는 섬뜩하게 빛났다. 단숨에 알 수 있었다. 저건 절대 사람이 아니라는 것을.

남학생은 여학생과 몇 마디 말을 나누고는 겨우 몸을 일으켜 문 쪽으로 향했다. 혜성은 남학생에게 들키지 않으려 재빨리 교실 반대편 모퉁이에 몸을 숨겼다. 다행히도 남학생은 혜성을 보지 못하고 계단 아래로 걸어갔다. 혜성은 겨우 숨을 돌리고는 교실로 들어갔다. 마치 혜성이 들어올 줄 알고 있었다는 듯 여전히 여유롭게 웃고 있는 영명이 교실 한가운데에 서 있었다.

"대충 눈치는 챘는데, 이렇게 빨리 만나게 될 줄은 몰랐네?"

"지난 학기에는 못 본 얼굴인데."

"그야 이번 학기부터 다니기 시작했으니까. 내가 몸이 좀 약해서 한 학기를 쉬어야 했거든."

"농담할 기분 아니야."

나름 위협적인 말투였는데도 영명은 사나운 고양이를 어르고 달래듯 오히려 더 나긋하게 말을 걸었다.

"너는 이야기지?"

"뭐?"

"그 모습을 유지하는 데 필요한 거 말이야. 얼마나 많은 이야기를 먹었길래 그렇게 힘이 남아돌아?"

너는 이야기라니, 마치 자신은 아닌 것처럼. 혜성은 언젠가 이런 날이 올 거라고 예상했다. 인간인 소원도 소문만으로 자신의 정체를 눈치챘으니, 만약 다른 괴물이 존재해 학교에 온다면 자신의 정체를 들키게 되는 건 시간문제였다. 자신처럼 이야기를 먹을 수 있는 존재라면 더더욱. 그런데 이 괴물은 마치 이야기가 아닌 다른 것을 먹을 수 있는 것처럼 말했다.

"미완성된 영혼을 보는 건 몇십 년 만인데, 이 정도로 적대감을 보이는 건 또 오랜만이네. 영역 다툼을 할 정도로 수가 많지도 않은데 말이야."

미완성된 영혼. 영명은 혜성을 그렇게 불렀다. 마치 그렇게 불릴 만한 이가 또 있다는 듯이.

"하긴 이야기를 먹는 영혼은 수백 년 만에 처음 보긴 해. 나랑 같은 걸 먹는 애들은 종종 봤어도."

"영혼이라니?"

"뭘 모르는 척이야? 괴물은⋯⋯."

영명은 혜성의 눈동자가 순간적으로 흔들리는 것을 놓치지 않았다. 재밌는 걸 찾아냈다는 기쁨에 영명의 입꼬리가 절로 올라갔다.

"설마 한 번도 다른 괴물을 만난 적 없는 거야? 완전 애송이구나, 너. 이렇게 티를 내면서 일을 벌일 정도니 당연한 건가."

그렇게 말하며 깔깔대는 것이 거슬려 혜성은 미간을 일부러 세게 찌푸렸다.

"됐어. 네가 괴물이든 뭐든, 아까 걔한테 한 말은 그냥 못 넘어가."

"그걸 또 다 엿들었어?"

"이 학교에 괜한 문제가 생기는 건 내가 원하는 바가 아니거든."

"어차피 내가 없어도 죽을 운명인 애야. 날 방해한다고 저 애가 죽는 걸 막을 수 있을 것 같아?"

넌 아무것도 할 수 없어, 라는 속뜻이 담긴 말이 혜성의 정곡을 찔렀다. 영명은 혜성을 위아래로 훑더니 뭔가 이해가 가지 않는다는 듯 곰곰 생각에 잠겼다.

"그나저나 태어난 지 얼마 안 됐는데 벌써 연민까지 할 줄 알고 신기하네. 가진 힘도 보통은 아니고……."

그때, 영명의 생각이 한 가지 추측에 닿았다. 과거를 떠올리듯 잠깐 아래로 시선을 내리깔더니 들뜬 기분을 참아내며 차분히 그리고 천천히 제 가설을 읊었다.

"너, 특별한 이야기를 먹었구나?"

특별한. 이야기에 특별하고 말고가 어디 있겠냐만, 혜성은 순간 세월의 얼굴을 떠올렸다. 그게 무슨 말이냐며 섣부르게 물었다가는 세월의 존재가 알려질 터였다. 아니, 어쩌면 이미 알고 있을지도 모른다.

"네 말대로 난 다른 괴물들을 한 번도 본 적 없어."

"그래서?"

"이렇게까지 놀려 먹었으면, 오래 산 괴물로서 애송이의 질문 몇 개 정도에는 대답해 줘야 하지 않나?"

혜성은 눈앞의 괴물을 제힘으로 상대할 수 없다는 것을 직감적으로 알았다. 그러나 매번 신경을 건드리는 말에 당하고만 있기에는 너무나도 약이 올랐다.

"그거야 네 질문이 뭐냐에 달렸지."

"미완성된 영혼이라는 게 뭐야?"

"답하기에는 이른 질문이네. 다음."

"이르다니?"

"우리 앞으로 꽤 자주 보게 될 테니까, 그 질문에 대한 답은 느긋하게 해 줄게."

영명은 생글생글 웃으며 오른손을 쭉 뻗어 건넸다.

"난 네 능력이 필요하고 넌 나한테 듣고 싶은 이야기가 많잖아. 내 일에 협조만 해 주면 먹을 이야기도 생기고 네가 원하는 정보도 얻을 수 있어. 어때, 괜찮지 않아?"

당사자의 허락 없이는 이야기를 먹지 않는다, 혜성은 오래전에 한 약속을 한 번도 깨뜨린 적이 없었다. 영명의 부탁을 들어줬다가는 그 약속을 어길 일이 반드시 생길 터였다.

"난 허락 없이 이야기를 먹지 않아. 내게 무슨 이야기를 먹게 하려는 건진 모르지만 네가 시키는 일을 할 생각은 없어."

영명은 김이 샜는지 짐짓 지루하다는 표정을 지었다.

"뭐, 넌 결국 나를 돕게 될 거야. 그러니까 지금 선금을 좀 줄게."

"선금이라니?"

"내가 뭘 먹는지 궁금하지 않아?"

이야기를 먹는 영혼이 처음이라는 건, 다른 괴물들은 이야기를 먹지 않는다는 뜻이었다. 혜성은 그 사실이 부러운 동시에 그들이 먹는 것이 무엇일지 궁금해졌다. 그러나 막상 대답을 듣고 난 후, 자신이 부러워했다는 걸 후회했다.

"인간의 수명이야."

"수명?"

"나는 인간을 보면 그들의 살날이 보여. 인간이 죽는 날은 조금씩 바뀌긴 하지만, 크게 바뀌는 일은 거의 없거든.”

영명은 허공을 향해 손을 들더니 손목을 살짝 비틀어 나무에 달린 열매를 따 먹는 시늉을 했다.

“그럼 그중에서 내가 필요한 만큼만 똑 떼어 먹으면 되는 거야.”

사람의 생명을 가볍게 말하는 태도가 거슬리다 못해 두려웠다. 혜성은 미간을 찌푸리며 영명의 눈을 노려보았다. 아직도 금빛으로 빛나는 눈동자는 희열도 연민도 내비치지 않았다.

“이곳 애들의 수명도 먹을 생각이야?”

“별로. 당분간 문제없을 만큼 충분히 먹어 뒀거든.”

“그런 것치고는 아까 걔가 죽는 걸 원하는 것 같던데.”

“아, 그건 맞아. 스스로 목숨을 버리는 인간만큼 좋은 먹이가 어디 있겠어? 남은 수명이 별로 없는 게 좀 아쉽긴 하지.”

눈 깜짝할 새 말을 바꾸는 태도에 혜성은 저도 모르게 헛웃음을 쳤다.

“내가 거짓말을 좀 잘해.”

혜성이 뭐라고 더 말하려던 찰나, 저녁시간의 끝을 알

리는 종이 울렸다. 펑 소리와 함께 교실 전체에 하얀 연기
가 퍼졌다.

* * *

나는 얼마 가지 않아 조금 전 일이 꿈이 아니었다는 사
실을 마주해야만 했다. 야간 자율학습이 끝났을 때, 영명
이 기숙사 독서실 앞에서 나를 기다리고 있었다.

"혼란스러운 건 알겠지만 그대로 도망가면 어떡해. 내
가 사나운 괴물이면 어쩌려고 그랬어?"

"괴물은 맞잖아."

"사납지는 않잖아."

영명은 여기서 이야기하면 서로 곤란하지 않겠냐는 듯
엄지를 들어 바깥을 가리켰다. 혹시 해코지당하지 않을까
두려웠지만, 나를 정말 해치고 싶었다면 진작 그러지 않
았을까 하는 생각이 들어 순순히 영명을 따라 기숙사 앞
정원으로 나왔다.

"이해가 안 되네. 죽을 각오까지 했으면서 증인 서명 하
나 받는 일을 왜 그리 무서워해?"

"······않아."

"뭐? 좀 더 크게 말해. 어차피 듣는 사람도 없는데."

"내가 아는 사람이 내 죽음에 동의하는 건 보고 싶지 않아."

영명은 그 정도는 감수해야 하지 않냐는 듯 나를 빤히 응시했다.

"애초에 이건 자살이 아니잖아. 그 사람은 자기 때문에 내가 죽는 거라고 생각할 텐데, 죽는 순간까지 민폐 끼치고 싶지는 않아."

"그런 걱정이라면 좀 덜어도 될 거 같은데."

"뭐?"

"증인의 눈에는 네가 쓴 이유만 보일 거야. '유성단은 살아갈 가치가 없다.' 여기에 동의하는지만 묻는 거라고."

살아갈 가치가 없다는 말에 선뜻 동의해 줄 사람이 어디 있을까. 설령 정말로 그렇게 생각한다고 해도 말이다.

"그게 죽는 거에 동의하는 거랑 뭐가 달라."

"그러니까, 그걸 고려해서 이유를 쓰라고. 내가 말했잖아. 이유가 두루뭉술하면 증명하기 힘들어. 네가 죽을지 모른다는 걱정을 받지 않으면서, 단번에 동의할 수 있을 정도로 구체적인 이유를 대."

말이 쉽지 그런 이유가 단번에 떠오를 리가 없다.

"뭐, 생각할 시간은 많으니까. 계약서에 기한 같은 건 없어. 편히 고민해, 편히."

다른 말로 하면, 계약서 이외의 방법으로 죽는 길은 한동안 택할 수 없다는 뜻이다. 그 한동안이 어쩌면 졸업할 때까지일 수도, 아니면 그 이후까지일 수도 있다. 영명은 춤추듯 좌우로 몸을 흔들며 여유를 부렸다.

"궁금한 게 있는데."

"적극적인 자세가 좋네. 뭔데?"

"꼭 동의서를 써야 하는 이유가 있는 거야?"

영명의 움직임이 뚝 멈췄다. 혹시 잘못 건드렸나 싶었는데, 여전히 여유 넘치는 대답이 금세 돌아왔다.

"그냥 재미야. 궁금하기도 하고. 뭐가 널 죽음까지 생각하게 했는지 말이야."

동의서가 있어야만 효력이 있는 건가 싶었는데, 재미로 하는 거라는 말을 아무렇지 않게 뱉는 태도에 얼이 빠졌다. 만약 내가 영명을 두려워하지 않았다면 곧바로 화냈을지도 모른다.

"보니까 당사자인 너도 말로는 제대로 표현 못 하는 것 같은데, 알고 싶지 않아? 뭐가 널 그렇게 만든 건지 말이야."

"멍청이 취급하지 마."

"멍청이라니. 오히려 제대로 알고 있는 쪽이 신기한 거지. 자기 행동의 진짜 이유를 아는 사람은 많지 않아."

영명은 좀 더 고민해 보라고 덧붙이고는 순식간에 사라졌다. 마치 이 자리에 없었던 것처럼 갑자기 사라져서 이 순간도 꿈이 아닐까 하는 착각이 들었다. 그러나 꿈이라고 해서 달라지는 건 없었다.

죽으려는 이유를 묻는다면 가장 먼저 떠오르는 일이 있다. 정답인지는 모르겠으나, 지금으로서는 그나마 유일한 답이다.

'서명은 일단 나중에 생각하자. 어떤 이유든 서명을 받아 내는 건 힘들 테니까.'

한밤중의 정원은 대화가 끝나자 아무런 소리도 들려오지 않을 정도로 고요했다. 가만히 서 있으니 떠올리고 싶지 않은 것만 떠올라 괴로웠다. 어떤 것은 여전히 선명하고 또 어떤 것은 흐릿하다 못해 뚝뚝 끊겼다. 그런 와중에

도 내 발걸음은 종소리를 듣자마자 자연스레 자습실로 향
했다.

* * *

다음 날, 영명은 점심시간이 되자마자 도서관을 찾아
갔다. 정확히는 혜성이 학교 곳곳에 남긴 기운을 쫓아간
것이다. 도서관은 혜성의 흔적이 제일 짙게 느껴지는 곳
이었다. 들어선 순간, 영명은 이곳에서 본 어떤 학생보다
혜성의 기운이 가장 강하게 묻어나는 사람을 마주했다.

"안녕?"

세월은 영명의 갑작스러운 인사에 당황했는지 순간 굳
은 채 아무런 반응도 보이지 못했다. 영명은 다시 한번 자
신을 손가락으로 가리키며 소개했다.

"못 보던 얼굴이지? 이번 학기부터 학교에 다니게 됐으
니까 편히 대해 줘."

이 애가 혜성의 약점이다. 영명은 세월을 마주하자마
자 알 수 있었다. 참으로 불쌍한 팔자라 생각했다. 괴물의
사랑을 받는 것으로도 모자라 기억조차 먹히다니.

영명은 유리문 너머에 슬쩍 시선을 두었다. 도서관도 도서관이지만, 고민 상담부 부실도 꽤 강한 기운이 느껴졌다.

"저 동아리는 뭐 하는 곳이야?"

"고민 상담부 말하는 거야? 저긴 내가 운영하는 동아리야. 하는 일은 이름 그대로고. 상담이 필요하면 나한테 말하면 돼."

"이런 일을 좋아하나 봐? 도서관 일로도 바쁠 텐데 동아리 부장까지 하는 걸 보면."

물 흐르듯 이어지던 세월의 말문이 턱 막혔다. 그러게, 내가 왜 이 동아리를 시작했더라. 분명 처음에는 동아리 같은 건 들어가고 싶지도 않았는데 왜 이런 동아리를 내 손으로 직접 만든 걸까. 차마 말로 내뱉지 못한 의문이 입을 턱 걸어 잠갔다. 영명은 당황스러워하는 세월의 표정을 보고 저절로 올라가는 입꼬리를 몰래 손으로 가렸다.

"나도 상담받고 싶은데, 가능할까?"

상담이라는 말에 세월은 들고 있던 책을 곧바로 내려놓고 근처에 있는 수첩을 집어 들었다.

"서영명, 맞지? 상담받고 싶은 내용은 뭔데?"

"내가 이번 학기부터 학교를 나오다 보니 적응하기가 좀 힘들더라고. 이런저런 고민이 많아. 아, 혹시 한 가지로 한정해야 하나?"

"아냐. 적응하기 힘든 게 고민이면 이유가 다양할 수 있는 거지. 모레 저녁에 시간 비어?"

"응. 그때가 좋겠네."

그 순간, 영명은 자신을 향한 서늘한 시선을 문 너머에서 느꼈다. 바깥쪽으로 고개를 돌리자, 이곳을 향해 다가오는 혜성과 곧바로 눈이 마주쳤다.

"아, 그리고 상담은 너랑 하고 싶어. 가능하지?"

"응. 그렇게 적어 둘게."

"그래. 그때 봐."

황급히 달려오는 혜성과 달리 영명은 여유롭게 도서관 밖으로 나와 그를 마주했다. 혜성이 뭐라 하기도 전에, 영명은 혜성의 옆으로 다가가 낮게 속삭였다.

"쟤구나? 네가 숨기고 싶었던 애가. 흔적이라도 안 남겼으면 몰라, 기억을 저렇게나 먹어 놓고 숨기려던 게 웃길 지경이네."

"뭐?"

"아, 흔적이 남는 것조차 모르는 거야? 하긴 괴물도 처음 본다고 했지?"

혜성이 무슨 말이냐며 되묻기도 전에 영명은 순식간에 혜성을 지나쳐 시야 바깥으로 사라졌다. 수백 년을 살아왔다는 말이 거짓은 아닌 듯했다. 같은 괴물인데도 감당은커녕 보기 좋게 영명에게 휘둘렸다. 혜성은 영명을 쫓는 대신 곧장 도서관에 들어가 세월의 얼굴을 확인했다. 평소의 세월은 혜성이나 소원이 올 때면 희미하게나마 반기는 기색을 보이고는 했다. 심각한 표정으로 무언가를 골똘히 생각하는 지금과 달리 말이다.

"세월아."

"아, 왔어? 오늘은 이것만 정리하면 돼."

"방금 걔가 뭐라고 했어?"

세월은 혜성의 표정에서 묻어나는 어두운 기색을 놓치지 않았다. 그러나 방금 영명과 나눈 대화에서 혜성이 그럴 만한 내용이 있었는지는 알지 못했다.

"그냥 상담 의뢰야. 근데 표정은 왜 그래? 무슨 일 있었어?"

"있잖아, 그 상담 말인데……."

어떻게 해야 말릴 수 있을까. 아니, 말린다고 해서 그 괴물을 세월에게서 떼어 놓을 수 있을까. 혜성은 마음속에 밀려드는 불안을 꾹 참아 낸 채 아무렇지 않은 척하려고 노력했다.

"그거, 꼭 해야 해? 아니면 다른 부원한테 맡기거나."

"나한테 들어온 건데 내가 안 하겠다고 하면 어떡해?"

그 괴물에 관한 세월의 기억을 먹는다면? 그럼 세월에게 접근하는 걸 막을 수 있지 않을까. 그러다 혜성은 문득 자신이 한 생각에 소름이 돋았다. 이야기를 먹은 대가를 치르는 와중에 또 이야기를 먹으려 했다는 사실에 자신 또한 괴물이라는 걸 다시금 실감했다.

"알았어. 날짜는 언젠데?"

"모레 저녁. 그때가 유일하게 비는 시간이거든."

혜성은 머릿속으로 날짜와 시간을 새겨 두었다. 2학기가 시작된 뒤로 혜성은 상담이 이루어지는 동안은 부실 근처에도 가지 않았다. 조금만 가까이 가도 저절로 내용이 들리는 탓이었다. 그러나 그날만큼은 부실 문 앞에 꼭 붙어 있으리라 다짐했다.

3. 첫 번째 이유

늘 혼자 점심을 먹어도 불편하다는 생각은 없었다. 오히려 평화롭기까지 했다. 지금처럼 영명이 내 앞에서 밥을 먹을 때보다는 말이다. 이틀 만에 봐도 역시나 두렵고 불편한 얼굴이다. 영명은 그런 내 속은 전혀 모르는지 기어코 내 앞에 앉아 신나게 말을 걸어 댔다.

"학생으로 살아 보는 건 거의 몇십 년 만이거든. 혹시나 하고 와 본 건데, 역시 이런 교육열 넘치는 학교에는 너처럼 목숨이 벼랑 끝에 있는 애가 있을 줄 알았어."

"왜 여기서 먹는 거야?"

"새로운 이유는 생각해 봤나 해서."

머릿속을 완벽히 정리하지는 못했어도 이틀간의 고민

이 헛되지는 않았는지 문장 하나 정도는 겨우 짜낼 수 있었다. 내가 고개를 끄덕이자 영명은 환하게 웃으며 얼른 나가자고 재촉했다. 급식실 밖으로 나오자마자 영명은 나를 학교 뒤쪽으로 데려가 허공에 손을 뻗었다.

"그럼, 수정 부탁할게."

영명의 손에는 어느새 죽음 동의서가 쥐여 있었다. 나는 영명으로부터 계약서를 건네받고 내가 적었던 글자를 펜으로 쭉 그었다. 글자는 순식간에 흔적도 없이 사라졌다. 내가 왜 스스로를 가치 없다고 생각했더라. 사실 그렇게 생각한 지는 오래되었다. 마지막 한 걸음을 내디디게 해 준 것은 중학교 때 일이다.

"나는 누구와도 잘 어울려 지내본 적이 없어."

친구라고 부를 만한 사람도 한 명뿐이었고, 그 친구마저 지금은 남보다 못한 사이가 되었다. 한 번의 행동이 만들어 낸 결과였다.

"그래서 늘 민폐를 끼쳐."

그럼 민폐를 끼치지 않으려고 노력하면 되는 거 아니냐는 대답이 돌아올까 마음이 조마조마했다. 노력이라는 것도 그럴 힘이 있어야 가능하다. 걸어 나가기는커녕 멀쩡히 일어설 능력조차 없는 내게는 무력감만 남아 있을 뿐이다.

"그래서?"

"그래서라니?"

"그렇게 생각하게 된 이유가 있을 거 아니야."

애초에 이 학교에 입학한 이래로 또래와 길게 이야기해 본 건 영명이 처음이었다. 정확히는 겉모습만 또래지만. 이렇게 이야기를 이어 나가는 것조차 내게는 도전이었다. 그런데 만난 지 며칠 만에 내 상처를 쉽게 말할 수 있을 리가 없었다.

"증인이 있어. 하지만 이 학교 사람이 아니야. 그러니까 증거를 대려고 해도……."

"그럼 학교를 나가면 되겠네."

"뭐?"

아무리 말하기 힘들어도 이야기의 당사자를 다시 보는 것만큼 괴롭지는 않다. 마지막으로 본 그 애의 얼굴을 상상하는 것만으로도 목소리가 바들바들 떨렸다.

"아, 안 돼. 난 걔 얼굴 볼 자신이 없단 말이야."

"그럼 말해 보든가. 왜 네가 그런 생각을 하게 됐는지."

아무렇지 않게 던지는 말인데도, 심한 압박감이 몸 곳곳을 눌러 댔다. 여러 번 겪는다고 해서 적응할 수 있는 일이 아니었다.

"말하면……."

잠깐, 잠깐만 참고 이야기하면 된다.

"말하면 그 애를 만나지 않아도 되는 거야?"

"일단 알려 줘. 그럼 답해 줄게."

내가 심호흡을 몇 번이나 하는 동안 영명은 재촉하지 않고 그저 나를 바라보기만 했다.

"어릴 때부터 사람들이랑 잘 어울리지 않았어. 그래도 중학교 때까지는 다가오는 사람을 밀어내진 않았지."

애초에 사교적인 성격은 아니었다. 애정을 제대로 받아 본 적이 없으니 나눠 주는 방법도 당연히 몰랐다. 내게 누군가 다가온다는 게 낯설고 두려웠다. 하지만 밀어내는 데 기력을 쓰는 것조차 엄두가 나지 않아, 내 쪽에서 먼저 누군가를 멀리하지도 않았다.

"그때 유일하게 다가와 준 친구가 있었는데, 내가 눈치 없이 굴어서 험한 꼴을 당했어."

그게 실수였다. 내 주변 사람이 행복한 꼴을 본 적이 없는데 왜 그 애는 다를 거라고 생각했을까. 내가 밀어내지 않아서, 괜히 친구라고 생각하는 바람에 그 애를 그렇게 만들었다.

"걔가 그랬어. 나만 없었어도 자기가 이렇게 되지는 않았을 거라고. 그 말을 끝으로 걔를 본 적 없어."

영명은 턱을 짚은 채 멀뚱히 고민에 잠겼다. 나름 용기 내서 한 내 대답이 이번에도 기대를 채우지 못한 모양이었다.

"솔직히 그렇게만 들어서는 모르겠는데."

"하지만 더 자세히는……."

"아무래도 당사자를 만나 봐야겠어. 저녁시간 끝날 즈음 학교 정문으로 나와."

"뭐?"

"꼭 나와야 한다? 누군지도 모르는데 나 혼자 찾아갈 수는 없잖아."

겨우 한 걸음 내디뎠다고 생각했는데, 영명은 아직 걸음마조차 제대로 하지 못하는 내가 날기를 원했다. 설령 다리가 부러지더라도.

"기다리고 있을게."

* * *

해가 질 무렵, 영명은 예약해 뒀던 상담을 받으러 부실을 찾았다. 세월은 상담 내용을 적기 위해 새 기록지를 꺼냈다.

"이것저것 고민이 많다고 그랬지? 어떤 것부터 이야기해 볼까?"

"음, 갑자기 그렇게 물어보니까 잘 안 떠오르긴 하네. 뭐부터 말하면 좋을까……."

대체 성단은 뭐가 그렇게 두려워서 말도 제대로 꺼내지 못하는 걸까. 영명은 성단의 곤란해하던 얼굴을 떠올렸다. 그러고는 마치 자신이 성단이라도 되는 것처럼 짐짓 우울한 목소리로 말을 꺼냈다.

"예전부터 다른 애들과 어울리는 걸 좀 힘들어했어. 한 학기나 학교를 쉬어서 더 그런 것 같아."

"그럼 먼저 다가갈 계기를 찾아봐. 우리 학교는 2학기에 축제도 있으니까 준비 팀에 들어가는 것도 괜찮을 거 같은데?"

영명은 턱을 괸 채 맞장구 한 번 없이 가만히 있다가 세월의 말이 끝나자 다시 입을 열었다.

"다가가지 못한다면?"

"응?"

"계기가 문제가 아니라, 남이랑 이야기하는 거 자체가 힘들 수도 있잖아."

분명 상담실에는 세월과 영명뿐인데, 영명은 마치 자신이 아닌 남의 고민을 이야기하듯 말했다. 그러나 세월은 영명의 말버릇이 좀 특이하다고만 생각했다.

"남을 대하는 게 두려운 거지. 내가 괜히 민폐가 되진 않을까 싶기도 하고."

영명은 괴물인 자신보다 과거를 말하는 게 더 두려워 보였던 성단의 모습을 떠올렸다.

"민폐라니. 친해지는 것만으로 민폐가 될 리 없잖아."

"나도 그렇게 생각은 해. 그래도 머리로 아는 거랑 마음은 또 다르니까."

"따로 이유가 있어?"

"이유? 왜 민폐일 거라 생각하냐고?"

세월이 고개를 끄덕이자, 영명은 손을 턱에서 떼어 내며 자세를 고쳐 앉았다.

"그러게. 나도 궁금한데."

"그래?"

"그냥이라고 말하면 상담해 주기 어려운가?"

"짐작 가는 것도 없어?"

"생각나면 말할게. 아무래도 또 와야 할 것 같네."

세월은 영명의 비협조적인 태도에도 시종일관 무표정을 유지했다.

"다음 주 월요일로 예약해도 괜찮을까?"

일부러 세월의 속을 긁으려는 의도도 있었는데, 짜증 한 번 내지 않는 태도가 꽤 흥미로웠다. 적어도 독수리를 마주한 생쥐처럼 매번 벌벌 떠는 누구보다는 훨씬 대하기 편했다.

영명은 일지에 서명을 남기고 세월을 따라 부실 밖으로 나왔다. 문 앞에는 기다렸다는 듯 혜성이 서 있었다.

"상담 끝났어? 부실에 두고 온 게 있어서 가지러 왔는데."

"응. 오늘 상담은 이걸로 끝이야."

"도서관은 내가 단속하고 갈게. 얼른 들어가 봐. 조금 있으면 자율학습 시간이야."

세월이 자리를 떠나자마자, 혜성의 시선은 아직 부실 앞에 서 있는 영명을 향했다.

"왜, 내가 해코지라도 할까 봐 쫄래쫄래 쫓아온 거야?"

혜성은 차마 부정하지 못하고 아랫입술을 꾹 물었다. 영명은 혜성이 당황하는 꼴을 비웃으며 혜성을 향해 손을 뻗었다.

"휴대폰 좀 줘 봐."

처음 영명을 마주했을 때, 혜성은 두렵기는 해도 순순히 따라 줄 생각은 없었다. 아무리 이기지 못한다고 해도 영명 또한 상처 하나 없이 혜성을 제압하기는 힘들 터였다. 영명이 굳이 수고를 들여 가며 자신을 제압하리라고 생각하지 않았다. 약점을 들키기 전까지는.

"뭐 해? 줘 보라니까."

"여기."

영명은 한쪽 입꼬리를 올리며 혜성이 건넨 휴대폰을 받아 들었다. 그러고는 자신의 전화번호를 찍고 통화 버튼을 눌러 기록을 남겼다.

"나중에 필요할 때 연락할게, 알았지?"

"난 이제 이야기를 먹지 않아."

"먹어야 할지 아닐지는 때가 되면 자연스레 알게 될 거
야."

* * *

자습 시간까지 몇 분 남지 않은 지금, 나는 여전히 방에
있었다. 사감 선생님에게는 몸이 좋지 않아서 쉬겠다고
미리 말해 둔 상태였다. 아무리 괴물이라도 방에 얌전히
숨어 있으면 나를 억지로 끌어내지 못할 거라는 얄팍한
믿음이 있었다. 문제집을 이불에 올려놓고 보는 것이 불
편했지만, 동시에 더 많은 교재를 볼 수 있어서 편하게 느
껴지기도 했다.

기숙사에 오래 있다 보면 혼자 있는 시간이 거의 없었
다. 이렇게 혼자 있을 때가 제일 편했는데, 괴물이 나를 찾
고 있다고 생각하니 혼자여도 불안이 끊이지 않았다.

'괴물도 무섭지만 더 두려운 건⋯⋯.'

톡.

창문에 무언가 부딪치는 소리가 났다. 방이 조용하지
않았더라면 듣지 못할 정도로 작았다. 나는 곧바로 이불

을 온몸에 둘러싼 채 숨을 죽였다. 톡 소리가 한 번 더 방에 퍼졌다. 두세 번 더 반복되자 정체가 궁금해져서 슬쩍 창문 바깥을 확인했다.

창틀에는 하얀색 깃털 두세 개가 떨어져 있었다. 이 정도 깃털을 가진 새라면 사람 크기는 되어야 할 것 같았다. 시선을 더 바깥쪽으로 돌리자, 기숙사 뒤편 주차장이 눈에 들어왔다. 주차장 한가운데에 나를 향해 팔을 이리저리 흔드는 영명이 있었다.

"시간 다 됐는데 왜 안 나와?"

여긴 분명 3층이고 창문은 닫혀 있는데, 저 아래에서 말하는 영명의 목소리가 선명히 들렸다.

"없는 척할 거면 불이라도 끄지 그랬어. 여기서 보면 네 방 창문만 눈에 들어오는데."

"난 나갈 생각 없어. 애초에 걔가 어딨는지도 몰라."

"그거야 찾아다니면 되는 거지. 오늘 못 찾으면 내일, 안 되면 그다음 날에도. 나는 남는 게 시간이야."

내 목소리가 크다고 생각한 적은 없었다. 그런데도 저 먼 거리에서 어떻게 듣는 건지 영명은 계속 내 말에 대꾸했다.

"지금 시간에 몰래 나가면 무조건 걸릴 거야."

"내가 그런 것도 알아서 처리 못 할 것 같아?"

"그리고 시간도 너무 늦었잖아."

"난 일곱시는 늦은 걸로 안 쳐."

말도 안 되는 핑계라는 건 잘 알고 있었다. 어떻게든 나가지 않기 위해 이렇게 용을 쓰는 게 아무 소용이 없다는 것도.

"걔 얼굴을 볼 자신이 없어."

처음으로 영명의 말문이 막혔다. 영명은 잠깐 시선을 내리깔며 정적을 지키더니, 내가 불안해질 즈음에야 질문을 건넸다.

"그 애를 보고 싶지 않은 거야?"

되도록 마주하고 싶지 않았다. 하지만 한편으로 궁금하기도 했다. 그날 이후로 그 애는 어떻게 지내고 있을까. 여전히 나를 원망하고 있겠지.

"어떻게 지내는지는 알고 싶어. 하지만 직접 얼굴을 마주할 용기가 안 나. 내가 괜히 걔를 힘들게 하면 어떡해."

그 애가 전학을 간 뒤로도 종종 소식은 들려왔다. 소식이라고 해 봤자 직접 들은 건 아니고, 애들 사이에서 나오는 말이 다였다. 자기 친구가 어느 동네에 사는데 걔를 봤다더라. 이 정도가 주워듣는 전부였다. 그때 들은 동네가 하필 이 고등학교에서 그리 멀지 않은 곳이었다.

결정을 내리지 못하고 있을 때였다.

"그럼 얼굴만이라도 볼 수 있게 해 줄까?"

"얼굴만?"

"응, 멀리서 잠깐. 동의서 내용은 언제든 수정할 수 있으니까 서명을 꼭 그 애한테 받을 필요는 없어. 네가 보고 직접 결정해. 그 애한테 얘길 꺼내 볼지, 아니면 다른 증인을 찾을지."

영명의 여유로운 웃음이 두렵지 않게 느껴지기는 처음이었다. 두려워했을 때는 언제고, 배려 한 번에 스스로가 원망스러울 정도로 마음이 놓였다.

"학교는 어떻게 나가게?"

"정문만 통과하지 않으면 되는 거잖아?"

그게 뭘 뜻하는 건지는 단번에 알 수 있었다.

"왜, 고소공포증이라도 있어?"

"없어도 있다고 말하고 싶은데."

"빨리 뛰어내려. 지금 출발해도 몇 시간 못 돌아다녀."

영명은 내가 떨어지면 받아 주겠다는 듯 두 팔을 양쪽으로 쭉 뻗었다.

"어차피 너, 한번 떨어지려고도 했잖아."

그랬었지. 영명을 처음 만난 게 벌써 며칠 전이었다. 그때는 정말로 떨어질 수 있다고 생각했는데, 막상 창문 너머를 바라보고 나니 발이 떨어지지 않았다. 나는 혼자서 죽을 용기도 없었구나. 며칠 전 창문 너머에는 영명도 없었으니까. 그러고 나니 더욱 확신이 들었다. 저 괴물의 손을 빌려야만 사라질 수 있다.

"못 하겠어."

나는 왜 이렇게 늘 답답하기만 할까. 나조차도 자신에게 화가 나는데, 영명이 분에 찬 질책을 해도 뭐라 할 말이 없었다. 신기하게도 영명은 이번에도 질책 대신 예상치 못한 행동으로 답을 대신했다.

"네가 안 오면, 내가 간다?"

그 말과 함께 하얀 연기가 영명의 주변을 감쌌다. 그날처럼 연기가 날개의 형태를 띤 순간, 영명의 몸이 이곳을 향해 빠르게 날아올랐다. 갑작스러운 상황에 정신을 차리지 못하는 나를 앞에 두고 영명은 노크하듯 창유리를 두

드렸다. 창문을 여니 영명은 어서 잡으라는 듯 내게 손을 내밀었다. 그 손을 잡자마자 잡아당기는 힘에 그대로 이끌려 창문 바깥으로 떨어져 내렸다. 그러나 내 몸은 바닥으로 곤두박질치는 대신 공중을 날고 있었다.

"어때, 불편하지는 않고?"

날개 달린 사람, 아니 괴물과 공중을 날아 본 사람이 몇이나 될까.

"부, 불편하진 않은데……."

처음 봤을 때만큼은 아니지만, 가까이에서 본 금빛 눈동자는 여전히 무섭게 느껴졌다. 낌새를 눈치챘는지 영명은 기숙사 반대편에 시선을 주며 나를 달랬다.

"나랑 눈 마주치지 말고 최대한 먼 곳을 봐. 좀 있으면 적응될 거야."

그렇게 말해도 시선이 가는 것은 어쩔 수 없었다. 당장 내 목숨을 맡겼으니 당연했다.

영명은 날개를 천천히 움직이며 학교 바깥을 향해 날아갔다. 발아래로 거리가 한눈에 들어오고, 귓가에는 펄럭이는 소리가 맴돌았다. 가로등은 금방 찾아올 어둠을 맞이해 하나둘 불을 밝히기 시작했다. 구름 한 점 없는 가

을의 저녁 하늘은 지평선을 붉은빛으로 꽉 채웠다. 차가운 공기가 매번 볼을 쳐 대는데도 꿈같다는 생각밖에 들지 않았다. 너무 비현실적이라 까무러치지도 않았다.

"그래서 어디로 가면 돼? 아, 혹시 여기서 많이 멀어? 그럼 속도를 좀 내야 하는데."

"아, 아냐. 이 근처야. 아람동이라고 알아?"

그 애가 아직 그곳에 사는지는 모른다. 어쩌면 나처럼 고등학교를 다른 지역으로 갔을 수도 있겠지.

"뭐야, 바로 옆 동네네? 이 정도면 거의 운명 아니야?"

그 애가 이 말을 들었다면 영명의 뺨을 치지 않았을까. 그런 생각을 하다 보니 두려움은 차츰 가라앉았다.

멍하니 풍경을 바라보는 그때 영명이 문득 말을 걸어왔다.

"내가 저번에 그랬지? 네 존재를 사람들 머릿속에서 지워 줄 수 있다고."

"그랬지."

"무슨 일인지는 모르겠지만 네가 앞에 나타나면 걔가 힘들어질 거라 여기는 것 같은데……."

이어지는 말을 들은 순간, 시야가 흐릿해지다 못해 무

너졌다. 건물은 둘째 치고 바로 눈앞을 채운 하늘마저 쉬이 눈에 들어오지 않았다.

"이렇게 하자. 증인에게 서명을 받고 나면, 그 증인이 널 만났다는 사실을 지워 줄게."

"뭐?"

"너에 대한 기억을 지우는 건 네가 죽기 전에도 가능하거든. 걔에 한해서는 그 시기를 조금 앞당겨 주겠다, 이거지. 어때, 이러면 조금 만날 마음이 들어?"

기억을 지운다고 나를 만났다는 사실이 사라지지는 않는다. 그 애는 결국 상처가 덧나는 경험을 한 번은 해야겠지. 그러나 곧바로 영명이 덧붙인 제안은 솔깃하다 못해 비현실적일 정도로 달콤했다.

"아니면 아예 네가 두려워하는 그 과거까지 전부 지워 줄게. 걘 너로 인해 상처받은 적조차 없게 되는 거야. 이러면 좀 마음이 편해지지?"

차마 바로 답하기는 어려웠다. 양심에 찔려 아무것도 해결하지 못한 채 내버려 두는 쪽과 해결책이 될지는 몰라도 절대 옳다고 말할 수 없는 선택. 후자로 기우는 마음을 이성으로 붙잡아 보려고 해도 도무지 이끌려 오지 않았다.

"어때? 괜찮은 생각 아냐?"

나는 침묵으로 그 답을 대신했다. 영명은 이해한다는 듯 나 대신 대답했다.

"그럼 그렇게 하자. 그 애 사진은 없어?"

"없어. 그래도 직접 보면 알아볼 수 있으니까, 조금만 낮게 날아 줘."

아람동은 그리 큰 동네는 아니었다. 영명이 천천히 날아도 한두 시간이면 한 바퀴는 금세 돌 정도의 크기였다. 그래도 야간 자율학습을 하는 것이 아니라면 대부분 하교하거나 학원에 있을 시간이기에, 그 애를 금방 찾으리라는 기대는 하지 않았다.

"대략적인 인상이라도 말해 봐. 아니다, 혹시 모르니까 일단 아는 정보는 다 말해. 그러고 보니 이름도 못 들었잖아. 걔 이름이 뭐야?"

"중학교 때는 뿔테 안경을 썼어. 이름은 문서호. 근데 이름은 왜?"

"나한테 이 정도 거리면 사람 말소리도 들려. 누가 걔를 부르는 게 들리면 거기로 가면 되니까."

겉모습도 괴물 같았다면 하나하나 놀라지 않았을 텐데, 이런 말을 들을 때마다 매번 놀란 표정을 숨기기 어려웠다. 아래쪽을 바라보니 어느새 가까워진 상가 거리가 눈에 들어왔다. 어렴풋하게 사람의 형체가 보일 정도였다.

한 명씩 시선을 두려던 찰나, 보라색으로 염색한 머리가 불쑥 눈에 들어왔다. 복잡한 거리 한가운데에서도 눈에 띄는 색이었다. 그 사람의 얼굴로 시선이 이어지는 것은 당연했다. 이목구비가 또렷하게 보이지 않는데 이상하리만치 익숙한 분위기였다. 교복 대신 후드티를 입은 데다 안경은 쓰지도 않았는데 나는 그 사람을 손가락으로 가리키며 영명에게 더 가까이 다가가 줄 수 있느냐고 물었다. 영명은 주변에 사람이 없을 때까지 기다려야 한다며 그 사람의 위를 맴돌았다.

몇 분 지나지 않아 그 사람은 주택가로 향하는 골목에 성큼 발을 들였다. 지금 내려가야 한다고 말하려는 순간, 아래로 훅 떨어지는 느낌에 비명을 지를 뻔했다. 한순간에 가까워진 거리에 드디어 그 애의 모습이 또렷하게 눈에 들어왔다.

"재야."

"쟤? 정말 쟤가 맞아?"

"확실해. 기억 속 모습이랑 좀 다르긴 하지만."

서호를 보자마자 제일 먼저 든 감정은 죄책감이었다. 한창 하교할 시간인데 아무리 봐도 학교에 다니는 것처럼은 보이지 않았다. 교복 넥타이마저 한 점 흐트러지지 않고 매던 모습이 아직도 눈에 선했다. 성실하고 공부도 잘하던 애가 그때 일로 충격을 받아서 학교를 다니지 못하게 된 건 아닐까. 멀리 떨어지고 싶은 내 마음과 달리 영명은 서호를 향해 계속 내려갔다.

"뭐, 뭐 해!"

"만나기로 한 거 아니야? 쟤가 맞다며. 그럼 만나러……."

말이 끊기는 동시에 하강이 멈췄다. 영명은 의문스러운 얼굴로 나를 빤히 쳐다보았다.

"왜 그래? 갑자기 또 무서워지기라도 했어?"

"나 때문이야."

"뭐가 또 너 때문인데?"

"나 때문에 저렇게 된 거야. 설마 학교까지 그만뒀을 줄은 몰랐어."

영명은 짧게 한숨을 내쉬더니 갑자기 상가 건물 위로

쌩하니 날아갔다. 그리고 조심스레 옥상에 착지했다. 서호가 지나가는 길 바로 옆 건물이라 서호의 모습이 한눈에 들어왔다.

"직접 자세히 봐."

"뭐를?"

"네가 왜 쟤한테 죄책감을 느끼고 있는지 몰라도, 지금의 모습은 네가 미안해할 정도는 아닌 것 같은데."

"어떻게 그렇게 확신해?"

영명은 대답하는 대신 서호가 있는 쪽을 가리켰다.

"좀 더 자세히 봐 봐."

하늘에서 볼 때보다 훨씬 가까워서인지, 이제는 서호가 들고 있는 짐도 보였다. 고졸 검정고시 기본서, 수능특강 수학 등의 책으로 가득 찬 가방. 고요한 골목의 한구석을 채우는 콧노래 소리가 조그맣게 들려왔다. 가로등 아래를 지날 때마다 서호의 얼굴이 선명하게 보였다. 날은 어둑해지고 손에는 미처 가방에 넣지 못한 책들이 들려 있는데도 뭐가 그리 설레는지 환한 표정이었다. 차마 저 표정을 흐트러뜨리기 미안할 정도로.

"이해했어?"

"아마도."

"네가 무슨 잘못을 했는지는 몰라도, 저 애의 인생은 망가지지 않았어."

영명은 대꾸할 틈도 없이 내 몸을 확 낚아채고는 아래로 쏜살같이 날아갔다. 정신을 차렸을 때 내 발은 이미 아스팔트 바닥에 닿아 있었다.

4. 후회의 순간

서호의 뒷모습에 눈길이 닿았다. 영명은 날개를 순식간에 거두고 내 등을 떠밀었다. 서호가 앞에 있다는 것만으로도 입이 떨어지지 않았다. 만날 일이 없을 거라 생각해서 인사조차 준비하지 못했다. 인기척을 느낀 건지, 서호가 고개를 내 쪽으로 돌렸다.

멀리서 보았던 서호의 미소가 천천히 사라졌다. 저 입에서 어떤 모진 말이 나와도 나는 대꾸할 자격이 없다.

너만 아니었어도 내가 이런 꼴을 당하지는 않았을 거야.

서호가 했던 말이 토씨 하나 빠뜨리지 않고 기억난다.

그때의 차가운 목소리를 다시 듣게 될까 봐 저절로 몸이 움츠러들었다. 그러나 내 귀에 들려온 것은 짧막한 말 한 마디뿐이었다.

"유성단?"

서호는 보랏빛 머리칼에 가려졌던 이어폰을 조심스레 빼냈다. 뒷걸음치지 않도록 두 발을 묶어 두는 것이 내가 할 수 있는 최선이었다. 귀를 막고 싶어 안달 난 손으로 주먹을 꽉 쥐었다. 서호는 영명과 내 쪽을 멍하니 번갈아 보았다.

"여긴 어떻게 온 거야? 네 옆의 애는 누구고?"

네게 내 죽음에 동의해 달라는 서명을 받으러 왔다고 말하면 분명 미친 사람 취급하겠지.

"널 보러 왔어."

의도를 전부 담기에는 내 말솜씨가 서툴렀다. 그런데 도 서호는 이유를 묻는 대신 내가 먼저 해야 할 부탁을 꺼냈다.

"잠깐 어디 들어가서 이야기할래?"

* * *

서호가 안내한 곳은 상가 구석의 한 카페였다. 신기하리만치 아무도 없는, 고요하고 좁은 공간이었다. 조명이 그리 밝지 않아 사진을 찍으면 이 고요함을 담을 수 있을 것 같았다. 자주 와 봤는지 서호는 직원과 자연스레 인사를 나누며 음료를 주문했다.

"독서실에서만 공부하면 집중이 안 될 때가 종종 있더라고. 그럴 땐 이 카페로 와. 분위기가 내 취향이거든."

나는 지갑을 꺼내려 오른쪽 주머니에 손을 넣었으나 잡히는 것이 아무것도 없었다. 만나게 될 줄 몰라서 지갑을 챙겨야겠다는 생각조차 하지 못했다. 서호는 내 쪽을 쓱 보더니 자연스레 메뉴를 물었다.

"뭐 마실래? 우리 동네까지 왔으니까 내가 살게."

"아, 아냐. 내 건 안 시켜도……."

"그냥 바닐라라테 시킨다? 너 그거 좋아하잖아."

좋아하는 음료까지 기억하고 있을 줄은 몰랐는데. 내가 중학교 때로 돌아간 게 아닐까 싶은 정도로 따뜻한 말투였다. 영명은 서호가 묻기 전에 얼른 메뉴를 말했다.

"난 초콜릿프라페. 휘핑크림에 바닐라 아이스크림 한 스쿱 추가. 초콜릿 시럽도 뿌려서."

나도 모르게 영명을 쏘아보게 하는 과한 주문이었다.
서호는 싫은 기색 하나 없이 영명의 말을 그대로 직원에
게 전했다.

　"음료 나오면 갖고 올라갈게. 2층에 가 있어."

　나는 서호의 짐을 대신 받아 들고 위로 올라갔다. 사람
이 한둘이라도 있던 1층과 달리 다락방 느낌의 2층은 우
리 외에는 손님이 없었다. 서호의 가방을 창가 쪽 자리에
놓자, 영명은 반대편 의자로 성큼 다가가 제집 안방처럼
편히 기대앉았다.

　"걱정만큼 분위기가 심각하지는 않은데? 네 말만 들었
을 땐 쟤가 보자마자 욕이라도 할 줄 알았는데."

　"그러게, 왜일까."

　마지막에는 그렇게 모질게 헤어졌는데, 몇 년 사이 무
슨 일이 있었던 걸까. 고민에 빠져 있던 나는 영명이 내게
얼굴을 들이미는 바람에 순간 뒤로 넘어갈 뻔했다.

　"악! 뭐, 뭔데?"

　"그냥 말해 주면 안 돼? 쟤랑 무슨 일이 있었던 건지."

　"서호 곧 올 텐데."

　"프라페 종류는 십오 분 이상 걸린다고 적혀 있던데. 적

당히 줄여서 얘기하면 딱 맞을 시간이지."

서호의 얼굴을 보고 나니 몇 년 전 일이 한꺼번에 뒤죽 박죽 생각났다. 저번처럼 과거를 입 밖에 꺼내지 않아도 서호와 같이 있다는 이유로 더없이 선명하게 그때가 떠올 랐다. 제대로 이야기를 나누려면 우선 어지러이 떠도는 생각을 정리해야 했다. 그렇게 생각하니 입이 저절로 열 렸다.

"중학교 때는 친구였어. 꽤 친했고, 자주 같이 다녔지."

"근데? 꽤 친했으면 쉽게 틀어지지는 않았을 것 같은 데."

"무척 밝은 친구였어. 딱 지금처럼."

영명은 턱을 괸 채 고개를 내 쪽으로 고정했다.

"언젠가부터 점점 혼자 넋을 놓고 있더라고. 이유는 대 충 짐작했어. 웬 이상한 애들이 서호한테 무리한 부탁을 해 댔거든. 필기를 복사해서 달라는 건 그렇다 쳐도, 수행 평가를 베껴도 되냐고 묻질 않나."

"걔는 그걸 다 해 줬고?"

"응. 미련하게."

"그래서 넌 어떻게 했는데?"

"처음에는 대놓고 뭐라고 하진 못했어. 서호도 그게 잘 못된 부탁인 걸 몰라서 받아 준 게 아닐 테니까."

그냥 마음이 여려서 그런 줄 알았다. 서호도 나름대로 생각이 있겠지, 하며 외면하려 했다. 내가 나서도 상황이 좋아지지 않을 거라고 생각했으니까.

"차라리 끝까지 그랬으면 괜찮았을 텐데."

"차라리?"

"시험 때였어. 서호한테 부탁해 오던 애 중 하나가 서호 답안지를 훔쳐보는 걸 봐 버렸거든."

"그래서?"

"곧장 선생님께 말했어. 걔가 부정행위를 저질렀다고."

그때 나는 그 사실에 신경이 쏠려 알아채지 못했다. 왜 서호의 답안지는 책상 가장자리에 놓여 있었는지. 멀리 떨어져 있던 내게도 눈에 띌 정도로. 나도 알아챈 걸 어째 서 서호나 다른 애들은 언급조차 하지 않았는지.

"그 뒤로 서호는 나와 다니지 않았어. 아니, 얼굴조차 보이지 않았다는 게 정확하겠지."

따로 보자는 약속을 잡은 후에야 서호를 다시 만날 수 있었다. 여름방학이 다가오는 주말의 오후였다. 서호는

땀을 뻘뻘 흘리면서도 손목까지 덮는 긴팔 외투를 입고
있었다.

"나는 나름 걱정이랍시고 몇 마디 했던 것 같은데, 몰라
도 된다고만 대답하니까 화가 났어."

그래서 서호를 탓하듯 걱정했다. 네가 거절 한번 못 하
니까 애들이 너를 만만히 보고 커닝까지 하는 게 아니겠
냐고. 그 말에 어둑했던 서호의 눈동자에 잠깐 빛이 스쳤
으나 그건 생기와는 거리가 멀었다. 서호가 어떻게 알았
냐고 묻자 나는 그걸 일러바친 게 나라고 답했다.

서호는 분에 찬 목소리로 물었다.

'왜 그랬어?'

'뭐?'

'왜 그랬냐니까!'

그제야 그 일이 부탁의 일환이었음을 깨달았다. 그 애
들이 아닌 나를 향한 원망을 받고 나서야 알 수 있었다.

"공부 잘하는 애 하나 붙잡고 갖고 노는 게 취미인 애들
이었대. 이번 시험만 도와주면 타깃을 다른 사람으로 바
꿔 주겠다고 했다더라. 그런데 내가 말해 버린 거지. 걔 시
험은 영점 처리가 됐고, 서호가 자신을 속였다고 생각해

서 폭력까지 쓰기 시작했어."

서호가 걷어 올린 소매 안은 푸르다 못해 거무죽죽했다. 끝내 감추려고 했던 진실이 팔 전체에 수놓여 있었다.

"내가 아무 말도 하지 않았더라면 서호가 바라는 대로 됐을 거야. 애들 피해서 전학 가는 일도 없었을 거고."

그때 나는 차마 서호의 얼굴을 바라보지 못했다. 차갑게 내려앉은 목소리가 서호의 마음을 헤아릴 여지조차 주지 않은 채 내 목을 조르는 기분이었다.

'이럴 거면 너와 가까이 지내지 말 걸 그랬어.'

그렇게 말하며 나를 붙잡은 서호의 손에 힘이 꽉 들어갔던 게 기억난다. 심하게 떨리는 서호의 손이 힘겨워 보였다.

"그래. 나만 아니었어도 걔가 그런 꼴을 당하진 않았겠지."

나에게는 떠올리기 괴로운 말이었다. 영명이 말을 꺼낼 새도 없이, 계단 쪽에서 발소리가 들려왔다. 아이스크림을 얹은 프라페가 멀리서 눈에 들어왔다. 영명은 성단의 눈치를 슬쩍 살피고는 서호에게 다가가 쟁반을 받아들었다.

"잘 마실게. 아, 그리고 나 뭐 좀 더 시키고 올게. 생각보다 배가 고파서 말이야."

"그래? 그럼 내가 다시 내려가서⋯⋯."

"아냐. 난 누구랑 달리 지갑도 가져왔거든. 케이크 몇 조각 사 올 테니까 너도 먹어."

서호가 말릴 새도 없이, 영명은 쟁반을 탁자에 내려놓자마자 쏜살같이 아래층으로 향했다. 어차피 영명이라면 1층이 아니라 상가 한가운데서도 이곳에서 오가는 대화는 들을 수 있겠지. 서호는 그걸 모르겠지만.

"성단아."

"응?"

"네 친구, 되게 밝은 사람이네. 네가 잘 지내고 있는 것 같아서 다행이야."

서호의 다정한 말투는 사이가 틀어지기 전과 똑같아서, 잠깐 그때로 돌아간 것 같았다. 입안을 맴도는 달콤한 향이 제발 오랫동안 남아 있기를 바랐다.

"오랜만에 봤다고 일부러 그러지 않아도 돼."

하지만 정말 그때로 돌아가지는 않았다는 것을 알기에, 나는 내 손으로 아슬아슬하게 이어지는 분위기를 끊어 냈다.

"내가 널 다시 찾을 자격이 없다는 거 알아."

서호의 얼굴이 금방이라도 울 것처럼 일그러졌다. 서호는 그때랑 똑같이 내 양팔을 붙잡으며 말했다.

"줄곧 후회했어."

차마 뒷말을 들을 자신이 없어 서호의 손을 뿌리치려했다. 그러나 훅 들어온 다음 말에 팔에 주었던 힘이 맥없이 풀렸다.

"너한테 그 말만큼은 하지 말았어야 했는데."

내 팔을 붙잡았던 손은 어느새 등 뒤로 옮겨 가 나를 꼭 껴안고 있었다. 혹시나 내 시야 밖에서 울고 있는 게 아닐까 싶은 정도로 서호의 목소리가 계속 떨렸다. 나는 등을 토닥이는 일도 위로하는 말도 섣불리 할 수 없었다.

쟁반 위에 있던 음료가 전부 식었을 즈음, 겨우 진정했는지 서호는 내게서 물러나 자리에 앉았다. 그동안 무슨 일이 있었는지 먼저 물을 용기가 나지 않았다. 서호는 음료를 한 모금 들이켜고 여전히 먹먹한 목소리로 말을 이었다.

"네 잘못이 아니야. 자격이 없는 건 오히려 내 쪽이지."

"하지만 내가 아니었다면……."

"내가 네 탓을 하지 않았으면, 어느 누가 너에게 잘못을 물었겠어?"

몇 년 전만 해도 단정하기 그지없는 모범생이었던 서호는 많이 변해 있었다. 적어도 겉보기에는 말이다. 그래도 그때가 나아 보인다거나 하는 생각은 들지 않았다.

"내 머리카락이 그렇게 신기해?"

"응?"

"아까부터 계속 쳐다보길래. 자퇴하자마자 염색했어. 한번 해 보고 싶었거든."

짐작은 하고 있었지만 막상 자퇴했다는 말을 들으니 마음이 쿵 내려앉았다. 그게 티가 났는지, 서호는 나를 향해 재빨리 손을 내저었다.

"무슨 일이 더 있었던 건 아니야. 그냥 학교 밖에서 수능 준비를 하는 게 나한테는 더 나을 것 같았어."

멋쩍어하는 웃음을 보니 불안감이 조금은 가셨다. 대화가 평범하게 오간다는 사실에 잠깐 들떴으나, 금방 내가 이곳에 온 이유를 떠올렸다.

"있잖아, 사실은……."

도무지 동의서를 꺼낼 자신이 없었다. 내가 늘 민폐만 끼쳐서 죽으려 한다는 서류의 증인이 되어 달라니. 그건 애써 내 잘못이 아니라고 변호해 주는 서호에게 너무 몹쓸 짓이었다.

"응? 무슨 일인데?"

"아니, 그냥…… 내가 널 갑자기 찾아와서 놀라진 않았나 싶어서."

"놀라긴 했지. 우연히 마주친 건가 했는데, 날 보러 왔다길래 얼마나 놀랐는데."

서호는 자신을 어떻게, 왜 찾아온 건지는 묻지 않았다.

"나도 널 만나고 싶었어. 만나서 내가 한 말에 대해 사과하고 싶었거든. 너한테 연락할 방법이 없어서 포기해야 했지만."

여전히 기억에 남아 있는 서호의 마지막 모습이 흐릿하게 겹쳐 보였다. 서호가 말을 이을 때마다 잔상은 점점 옅어졌다.

"너와 가까이 지낸 걸 후회하지 않아. 내가 그런 꼴을 당한 게 우리 탓도 아니고. 그 애들 잘못이었던 거지."

서호는 내가 어떤 사람인지 모른다. 내가 불러왔던 불

운을 알지 못한다. 내 주변 사람은 저절로 불행해진다는 것을 알면서도 서호 옆에 있었던 내 잘못이다.

"그렇게 말해 줘서 고마워."

그때로 돌아가서는 안 된다는 걸 알고 있다. 죽고 싶다는 마음이 갑자기 사라지지도 않았다. 그 일은 여전히 내 잘못으로 남아 있었다.

그러나 서호에게 동의서를 내밀 수는 없었다. 겨우 안정을 찾은 서호를 내 손으로 흔들어 놓고 싶지 않았다. 용건이 끝나자마자 자리에서 일어나려는 때였다.

"성단아."

어쩌면 이게 마지막일지도 모른다는 생각에 그 부름을 무시하지 못했다.

"응?"

"힘든 일 있으면 연락해. 내 번호 줄 테니까."

서호는 가방 안에서 꺼낸 메모지에 자기 번호를 적어서 내게 건넸다. 차마 그걸 눈앞에서 거절할 용기가 없어서 쪽지를 받아 조심스레 접어 주머니에 넣었다.

"응. 고마워."

나는 그대로 자리에서 일어나 계단 쪽으로 향했다. 1층으로 내려가자마자, 케이크가 한가득 올려진 쟁반을 든 영명과 눈이 마주쳤다.

"서명은?"

"못 받았어."

"또 만날 용기는 있고?"

"서호한테 그런 일을 부탁할 생각은 없어."

"그래?"

영명은 쟁반을 들고 다시 카운터 쪽으로 돌아가 케이크 포장을 부탁했다. 그리고 이따 내려오는 학생에게 전해 달라는 말을 덧붙였다.

"네가 그랬지? 이유든 증인이든 언제든지 수정할 수 있다고."

"계약 파기만 빼면 뭐든 가능해."

"그럼 시간을 좀 줘. 다음 증인을 생각할 시간이 필요해."

"얼마든지. 이만 돌아갈까?"

영명은 그 말과 함께 나를 향해 팔을 뻗었다. 아까는 경황이 없었지만, 조금 정신을 차리고 나니 또 다시 날아가야 한다는 생각에 아찔했다.

"아, 아냐. 그냥 돌아갈게."

"괜찮겠어? 지금 아홉시야. 그리 늦은 시간은 아니지만 혼자 돌아가기에는 꽤 어두울걸."

창문 쪽으로 고개를 돌리자 벽을 반이나 채운 창문 너머로 새까만 골목이 눈에 들어왔다. 희미하게 새어 드는 가로등 불빛에 덜컥 겁이 났다. 머릿속에 떠오른 장면 하나가 빛이 비치는 도로 위에 겹쳐 보였다.

영명은 내 앞으로 불쑥 몸을 들이밀며 계속해서 나를 설득했다.

"그냥 정문을 통과했다가는 분명 경비원에게 걸릴걸?"

그편이 차라리 낫겠다고 말하고 싶었다. 그렇다고 도무지 밤길을 걸어 나갈 엄두가 나는 것도 아니었다.

"같이 갈까?"

"그래. 최대한 빨리."

5. 빤히 보이는 거짓말

성단과 영명이 학교 밖에 있던 그때, 혜성은 자율학습 중 쉬는 시간을 틈타 기숙사를 몰래 빠져나갔다. 도착한 곳에는 혜성이 불러낸, 자신을 도울 수 있을 유일한 사람이 짜증 가득한 표정으로 서 있었다.

"문자로 보낸 내용, 사실이야?"

"혼자 해결해 보려고 했는데 도무지 감이 안 잡혀서."

"혼자 해서 될 일이 아니잖아! 사람 목숨을 먹는 괴물이라고. 발견하자마자, 아니면 적어도 세월이한테 접근했을 때는 나한테 알렸어야지!"

소원은 혜성의 멱살을 홱 잡아챘다. 하지만 혜성은 움직이기는커녕 흔들리지조차 않았다.

"어차피 네가 알아도 위험하기는 마찬가지였어. 지금도 그 괴물을 같이 쫓아내 달라고 부탁할 생각은 없고."

"그럼 왜 불러냈는데?"

"아는 게 있는지 묻고 싶었을 뿐이야. 수명을 먹는 괴물에 대해 아는 게 있어?"

"사람 목숨을 먹는 괴물이 한둘이어야지. 그쪽은 워낙 기록이 많아서 말이야. 너랑은 다르게."

큰 기대는 없었는지 혜성은 짧은 한숨을 내뱉었다.

"그럼 세월이를 설득하는 거라도 좀 도와줘. 그 괴물이 세월이에게 상담을 요청했거든. 이미 한 번은 마쳤고, 기세를 봐서는 앞으로도 계속 그럴 생각인 것 같아."

어떤 대답이 돌아올까. 잠깐의 정적 정도는 기다릴 생각이었다. 그러나 소원은 혜성의 예상이 무색하게 곧장 기숙사 쪽으로 뛰어 들어갔다. 혜성은 처음 고민 상담부에 쳐들어왔던 소원의 모습을 뒤늦게 떠올렸다. 괴물이 사람과 엮이는 일에 민감하다 못해 격하게 반응하던 소원이었다. 혜성에게 다짜고짜 부적을 들이밀 정도로.

"잠깐 멈……."

소원의 뒷모습은 순식간에 자취를 감췄다. 혜성은 미

간을 꽉 구긴 채로 뒤를 쫓았다. 겨우 소원을 찾아냈을 때
는 이미 세월과 언쟁을 벌이고 있었다.

"제대로 설명이나 하고 말해. 왜 상담을 취소하라는 건
데?"

"네가 걔 때문에 위험해질까 봐."

"그렇다고 이미 정한 약속을 무를 수는 없어. 왜 내가
걔랑 있으면 위험하다는 건데?"

세월은 소원이 자신을 걱정하고 있다는 것을 단번에
알아보았다. 보는 사람이 불안해질 정도로 눈동자가 심하
게 흔들리는 탓이었다. 그게 세월을 마냥 매정하게 굴지
못하게 했다.

"상담을 취소할 수는 없어. 하지만 다른 부탁이라면 최
대한 들어줄게."

"정말?"

"응, 정말."

소원은 겨우 안도감을 찾고 근처에 있던 의자에 털썩
주저앉았다. 그리고 주머니에서 부적 두어 장을 꺼내더니
세월에게 덥석 쥐여 주었다.

"만약에, 정말 만약에 걔가 너한테 달려들면 이 부적을

써. 몸에 붙으면 한동안은 움직이지 못할 거야. 그러고 나면 도서관으로 바로 달려와. 네가 상담하는 동안은 쭉 거기 있을게."

"부적? 이걸 왜?"

"나중에 다 설명해 줄게, 응?"

혜성이 뭐라 말하기도 전에, 세월은 이미 소원에게 부적을 받아 주머니에 넣었다. 세월은 소원의 뒤쪽에서 자신을 바라보는 혜성의 시선을 눈치챘다.

"임혜성."

"어?"

"그러고 보니 너도 영명이랑 상담하는 걸 말렸지."

소원이 변명하는 내내 혜성은 단 한 마디도 꺼내지 않았다. 게다가 혜성은 소원처럼 경고를 남기지도, 그렇다고 대책을 세우지도 않았다. 혜성이 상담 내내 부실 앞에 있었다는 것을 알 리 없었기에, 세월은 경고 한번 주지 않은 혜성에게 배신감을 느꼈다.

"둘 다 걔에 대해서 뭘 알고 있길래 이러는 거야?"

영명의 정체를 말하고 싶은 건 소원도 혜성도 마찬가지였다. 그래도 그럴 수 없었다. 영명이 괴물이라는 걸 알아 버리면, 그리고 그걸 영명에게 들켜 버리면 세월은 목숨이 위험해질지도 모른다.

"지금 설명하기는 좀 그래."

특히 혜성은 더욱 말을 꺼내기 어려웠다. 설령 영명이 세월을 죽일 생각이 없더라도, 세월이 괴물의 존재를 알게 된다면 혜성도 금방 의심을 사게 될 터였다. 정체를 끝까지 숨기지는 못하더라도 지금 들킬 생각은 없었다.

"상황이 정리되면 설명해 줄게."

"그게 언젠데?"

"금방이야. 오래 기다리지 않아도……."

"확실해?"

혜성은 세월의 질문이 계속 몰아쳐도 그렇다고만 멀쩡히 대답하면 넘어갈 수 있을 거라고 생각했다. 하지만 겨우 가다듬었던 목소리가 세월과 눈이 마주칠 때마다 흐트러졌다. 확신하든 말든 그렇다고 말하면 넘길 수 있을 텐데 도무지 대답이 입 밖으로 나오지 않았다.

"아냐, 말하지 않아도 돼. 지금 네가 뭘 말하든 어차피 못 믿을 것 같거든."

세월은 그렇게 말하고 획 돌아섰다. 붙잡을 여유도 없

이 쉬는 시간의 끝을 알리는 종소리가 울렸다.

* * *

영명에게 끌려가다시피 날아다녔던 게 불과 어젯밤이다. 이제 며칠 정도는 나를 혼자 두지 않을까 싶었지만, 영명은 기대를 저버리고 점심시간이 되자마자 우리 반 앞으로 찾아왔다.

"오늘은 또 왜? 시간을 주기로 한 거 아니었어?"

"시간을 준다고 했지, 찾아오지 않는다는 말은 안 했잖아."

"밥은 혼자 먹고 싶은데."

"매점 가자. 내가 살게. 오늘 급식 별로더라."

진짜로 음식을 먹긴 하는 거냐고 물으려 했는데, 영명은 어느새 내 팔을 잡아끌고 매점 쪽으로 향했다. 갑작스레 끌려가는 바람에 손에 든 단어장을 놓칠 뻔했다. 영명은 대답할 틈도 주지 않은 채 하고 싶은 말만 뱉어 냈다.

"빵은 뭐 좋아해? 단거? 아니면 담백한 거?"

"딱히 좋아하는 거 없는데."

"음료수는? 새로 나온 음료 맛있다던데. 복숭아 알갱이가 씹혀서…….

"용건이 뭔데?"

차가운 물음에도 영명은 씨익 미소 지었다. 또 이 표정이다. 비웃는 건지, 아니면 이 상황이 즐거워서 웃는 건지 구분되지 않는 미소였다.

"너 혼자 생각하긴 버거울 것 같아서, 같이 생각해 주려는 거지. 나도 네가 어떤 사람인지는 알아야 하지 않겠어?"

영명은 매점 진열장을 쓱 훑으며 조곤조곤 말했다.

"내가 여기 다니기 시작한 지는 얼마 안 됐지만 웬만한 소문은 다 들었거든. 그런데 넌 딱히 나쁜 소문이 난 것도 아니고, 너희 반 애들도 널 피하는 것 같진 않던데."

"그래서?"

"그 문서호라는 애와의 일 때문인가도 싶었는데, 네 말대로라면 넌 그전부터 사람들에게 먼저 다가가지 않았던 거잖아. 이젠 다가오는 사람과도 가까워지려 하지 않지만."

당사자 얼굴에 대고 읊어 내는 추론은 무심하다 못해

매정했다. 아무렇지도 않게 이런 말을 하는 모습에 나는 다시 한번 영명이 괴물임을 실감했다. 자신이 갖고 노는 장난감에 예의 차릴 필요는 없으니까. 날개를 보였을 때보다 지금이 더 괴물 같았다.

"말해 봐. 문서호와의 일 때문에 죽으려던 거 맞아? 걔가 정말로 증인으로서 적합한 애였냐고."

굳이 따진다면 서호와의 일은 방아쇠일 뿐이다. 내 흐릿하고 무거운 믿음이 진실임을 확신한 순간, 내가 서호를 향한 괴롭힘에 기름을 들이부은 것처럼 서호의 말은 도화선에 불을 붙였다.

이 속마음을 모두 꺼내고 싶지 않았다. 어차피 영명은 나를 죽일 생각이 없다. 숨기고 싶은 것은 무엇이든 숨길 수 있다. 이렇게 정성스레 캐묻는다는 건, 다르게 말하면 내게 직접 듣지 않는 이상 내 과거를 알아낼 방법이 없다는 거니까.

"너야말로."

"응?"

"너야말로 왜 이 학교에 온 거야?"

영명의 눈동자가 움직임을 멈췄다. 실수했나 싶어 나

도 모르게 몸을 움츠렸다. 그러나 영명은 여전히 미소를 잃지 않은 채 평소처럼 가볍게 대답했다.

"굳이 이 학교여야 할 필요는 없었어. 그냥 이 정도면 괜찮겠다 싶어서 와 본 거지."

"그게 다야? 괜찮다는 기준은 뭔데?"

"너부터 얘기해, 왜 죽으려는 건지. 저번처럼 두루뭉술하게 말고 구체적으로. 그럼 나도 답해 줄 테니까."

처음 봤을 때는 영명이 두려워서 아무 대꾸도 하지 못했는데, 지금은 그 틈을 비집고 다른 기분이 올라온다. 저녁 하늘을 비행했던 기억이 무서우면서도 놀라워서, 연기처럼 드리워 있던 공포를 잠깐이나마 몰아낸 덕분이다. 제멋대로인 모습에 화가 나기도 하고, 매번 예상치 못한 상황이 되는 탓에 당황한 것도 한두 번이 아니다.

"내가 괜한 걸 물었나 보네."

"별로. 그래서 말해 줄 생각은 정말로 없는 거야?"

영명이 원하는 대답은, 죽으려고 마음먹어도 차마 말하지 못할 이야기다. 내가 처음 죽기로 결심한 것도 그 이야기에서 도망치고 싶어서니까.

"계약서에 적을 이유는 내가 알아서 생각해 볼게. 그러니 이만 돌아가."

영명은 무언가 캐내려는 듯 내 눈을 뚫어지게 바라보다 휙 뒤돌아갔다. 그렇게 바로 가는가 싶었는데, 어느새 손에 들린 단팥빵을 계산하고 다시 돌아왔다.

"손."

"손?"

"손 줘 보라고."

한쪽 손을 내밀자, 영명은 내 손바닥 위로 단팥빵을 턱하니 쥐여 주었다.

"먹으면서 생각해. 단게 들어가야 머리도 잘 굴러가니까."

이걸 고맙다고 해도 되나 고민할 필요는 없었다. 영명이 들을 필요도 없다는 듯 쌩하니 돌아서 그대로 사라졌기 때문이다.

6. 마음 읽는 법

그날 저녁, 혜성은 도서관에 가는 길에 자신을 찾던 영명에게 붙잡혀 복도 한구석으로 끌려왔다.

"찾아오는 거 지겹지도 않아? 딱히 며칠 연속으로 보고 싶은 얼굴은 아닌데."

"나도 너한테 용건 없이 오긴 많이 바빠졌어."

"네 용건이야 뻔하지. 누구 기억 좀 먹어 달라는 거 아냐?"

"그렇게까지 하지 않아도 돼. 이번엔 좀 들여다만 보고 싶을 뿐이야. 지울 필요는 없고."

"그게 그거랑 뭐가 달라?"

영명은 황당한 얼굴로 혜성을 바라보았다. 그러다 번

뜩 떠오른 게 있는지, 손으로 이마를 짚어 찌푸려진 미간을 가렸다.

"너, 설마 아직 먹는 것밖에 할 줄 모르는 거야?"

"먹는 것밖에?"

"내가 그랬잖아. 나는 인간의 수명이 보인다고. 그럼 너도 기억을 먹지 않고 엿보는 것 정도는 가능하단 생각 안 해 봤어?"

혜성에게 기억을 먹어야만 살아갈 수 있다는 본성은 필사적으로 외면해야 하는 대상이었다. 그 능력이 어떤 원리인지 파헤칠 여유는 없었다.

"그런 게 어떻게 가능해?"

혜성은 자신이 누군가의 소중한 기억을 빼앗았다는 것에 죄의식을 느꼈다. 그런 혜성에게 누군가의 기억을 빼앗지 않아도 된다는 것은 상상도 하지 못한, 절대 외면할 수 없는 희망이었다.

"인간의 것을 먹고 싶다는 본능을 참을 수 있다면, 먹지 않은 채로도 그걸 확인할 수 있다는 거지. 다른 사람의 수명이나 기억을 확인만 하고 네 본능을 참아. 그럼 가능해."

그 말에 빨리 이 자리를 뜨고 싶다는 마음은 쏜살같이 사라지고, 그 빈자리는 부푼 기대감으로 가득 채워졌다. 혜성은 자기도 모르게 눈을 빛내며 영명에게 시선을 고정했다.

"넌 언제부터 그게 가능했는데?"

"백 년 조금 안 됐어. 태어났을 때를 기준으로 하면 산 지 수백 년 넘었을 즈음?"

"나이가 들어야 가능한 거야?"

영명은 고개를 절레절레 저으며 언제 챙긴 건지 주머니에 있던 메모지와 펜을 꺼냈다. 그리고 커다란 새와 사람을 그리더니 이곳저곳에 화살표로 표시하며 설명을 이어 갔다.

"천 년을 산 괴물도 인간의 수명을 못 보는 경우가 허다해. 이르면 백 살을 채우기 전에 엿볼 수도 있고. 중요한 건 사건이지."

"사건?"

"본능을 참지 못하는 건 인간을 먹이라고 생각하기 때문이야. 단순한 먹이 이상의 상대, 그런 상대를 만나면 전혀 다른 욕구가 생기지."

먹이 이상의 상대. 그 말을 듣자마자 떠오른 사람은 지금 도서관에 있을 누군가였다. 이곳에 오기 전이라면 수십 년 전 인연을 떠올렸을지 모르나, 너무나 많은 이야기가 겹쳐진 지금은 그때 그 아이의 모습이 흐릿했다.

"다행히도 넌 그런 상대가 있는 것 같고, 다른 괴물에 비하면 인간들한테 호의적인 것 같으니 희망이 보이네. 네 먹이가 이야기인 걸 생각하면 당연한 건가."

혜성은 그 말뜻을 이해했다. 누군가의 이야기를 먹을 때마다 그 사람의 감정을 접하는 데 익숙해졌다. 자신과 비슷한 상황에 놓인 사람의 기억을 먹을 때는 순간적으로 그 감정에 휘둘리기도 했다. 마지막으로 먹은 세월의 이야기는 그 자체만으로 자신에게 있는 줄 몰랐던 무언가를 느끼게 했다.

"누군가의 기억을 먹는 게 아니라, 들여다보고 싶은 욕구가 있다면."

자신에게 속삭이는 사람이 천사가 아니라는 것쯤은 알지만, 혜성은 영명의 하얀 날개가 지금 펼쳐진다면 순간 영명을 구원자로 볼지도 모른다고 잠깐 생각했다.

"네가 가장 쉽게 이입할 수 있는 사람을 찾아. 그리고 그 사람에게 관심을 기울여. 본능을 참은 채로 다가간다면 원하는 이야기를 들여다볼 수 있을 거야."

혜성은 세월이 자신을 어떻게 생각하는지 수백 번 들여다봐도 들여다 본 순간이 사라지지 않는다는 게 꿈만 같았다.

"조금만 더 자세히 알려 줘."

"그렇게 말해도 내가 정확한 방법을 알려 줄 수는 없어. 애초에 너랑 난 먹는 것조차 다르잖아."

영명은 그렇게 말하고는 손으로 턱을 짚은 채 잠깐 고민에 빠졌다. 혜성은 숨을 죽인 채로 영명이 다시 입을 열기를 기다렸다.

"네 경우를 나한테 대입해서 생각해 보자면…… 너와 상대가 얼마나 마음이 통하는지 중요할 거고, 그 사람이 자기 기억을 너한테 보여 주고 싶어야 해."

"보여 주고…… 싶어야 한다고?"

영명은 아까 그린 사람 머리 위에 동그라미를 그리더니 새의 눈동자와 동그라미를 직선으로 연결해 가며 설명했다.

"네가 누군가의 기억을 들여다보려고 할 때 가장 보기

쉬운 기억은 지금 그 사람이 떠올리고 있는 기억이라는
거지."

혜성은 동그라미를 빤히 바라보며 어젯밤 세월과 마주
쳤을 때를 떠올렸다. 지금의 세월이 기억 한 올이라도 보
여 주려 할까. 며칠 전이면 몰라도 지금이라면 자신을 향
한 원망 말고는 아무것도 읽어 낼 수 없을 터였다. 그 원망
을 생각하니 벌써 두려웠다.

"내 가설일 뿐이야. 너무 맹신하진 말고."

설령 자신을 이용하기 위해서라 해도, 영명의 설명에
혜성은 처음으로 고마운 마음을 가졌다. 한껏 쳐 두었던
벽이 조금이나마 틈을 보이자, 예전부터 가득 흘러넘치던
호기심이 그 틈새로 쏟아져 나왔다.

"넌 어땠는데?"

"나?"

"어떻게 그 능력을 깨우쳤길래 그렇게 추측하는 건
데?"

오늘따라 왜 이리 거슬리는 질문을 받는 걸까. 성단도
혜성도 속을 쿡 찔러 대는 질문만 골라서 던지는 것이 괜
히 야속했다. 그런데도 영명은 애써 미소 지으며 침묵으

로 일관했다.

"아니다. 여기까지 말해 준 것만으로도 고맙지."

"성공하면 말해 주기다? 한번 성공하고 나면 다른 사람의 기억도 쉽게 읽을 수 있을 거야."

혜성은 입꼬리 한쪽을 억지로 끌어 올려 웃는 표정을 지어 보였다.

"그래. 성공하면 가르쳐 준 보답으로 한 번은 도와줄게. 양심에 걸리지 않는 선에서."

* * *

저녁시간을 알리는 종이 울렸는데도 선생님은 나갈 생각이 없는지 끝없이 말을 이어 갔다. 요즘은 덜하다 싶었는데, 그동안 참아 오기라도 한 건지 다른 반들은 이미 급식실에 도착하고도 남았을 시간까지 끝날 기미가 보이지 않았다.

"어, 마지막 공지는 곧 있을 축제에 관해서……."

그러고 보니 다음 주 금요일에 학교 축제가 있다고 했었지. 저번 공지 때 듣기로는 노는 날이라기보다 반별로

부스를 열어 주변 지역의 외부인을 맞이하는 행사라고 했다. 적당히 일하다가 중간고사 공부나 하러 빠져야겠다고만 생각해서 정확히 뭘 하는지는 관심이 없었다.

나는 종례 내내 훈화 내용을 흘려보내며 오늘 미처 풀지 못한 문제들을 다시 한번 확인했다. 여전히 풀리지 않는 몇몇 문제를 보며 내일 아침에 수학 선생님을 찾아뵈야겠다고 생각했다.

"그래서, 부모님들께 조만간 축제에 오시면 좋겠다는 연락이 갈 거다."

그때 부모님이라는 단어에 고개가 불쑥 들렸다. 놓쳐 버린 펜을 다시 쥐는 것도 잊은 채 종례에 집중한 것은 올해 들어서 처음이었다.

"오전에는 부모님들도 너희가 여는 부스에 참여하실 거야. 수익성 활동은 금지하는 대신 오전 시간을 봉사 시간으로 처리해 줄 거고."

학교는 전교생 수를 생각하면 넉넉하다 못해 넓었지만, 오전 내내 부모님을 피해 다닐 정도의 여유는 없었다.

금요일 밤이라 룸메이트가 집에 간 게 다행이었다. 늦

게까지 잠이 오지 않아 밤새 공부라도 할 요량이었다. 하지만 필기 정리 중에 가끔 멍하니 있다가 다시 정신을 차리면 노트 구석에 고민한 흔적이 새겨져 있었다. 더 살아봤자 의미가 없어서. 내가 없는 편이 남들에게는 더 행복하니까. 나는 남들을 더 불행하게 하니까.

"증인이 없는 건 아니지만……."

그런 동의서에 서명해 줄 만한 분들은 아니다. 설령 나를 원망하더라도 그걸 티 내지 못할 분들이다. 아니, 어쩌면 그렇게 믿고 싶을 뿐이다. 내가 죽기를 바랄 정도로 나를 원망하지는 않았으면 하는 마지막 희망이 내 눈을 가린 건지도 모른다. 그러나 나를 질책하는 모습보다 훨씬 보기 싫은 건…….

"유성단."

내 방에서는 들릴 리 없는 목소리에 번뜩 고개를 들었다. 이 시간에 찾아올 사람은 한 명밖에 없다는 것을 뒤늦게 떠올린 후에야 펜을 내려놓고 창문으로 다가갔다. 창문을 열어 바깥을 내려다보자, 저번과 다를 것 없는 모습으로 나를 향해 손을 흔드는 영명이 있었다.

"왜 아직도 안 자고 있어?"

"그러는 넌 어떻게 이 시간에 밖에 나간 건데?"

"어떻게가 아니라, 왜냐고 물어야지. 아직도 적응을 못했어?"

"왜 밖에 나간 건데?"

영명은 겁 없이 날개를 펼치더니 바로 내 앞까지 불쑥 날아올랐다. 순식간에 무게중심이 뒤로 쏠렸으나 내 멱살을 잡아챈 영명 덕에 뒤로 넘어지지는 않았다.

"조심해야지. 함부로 넘어지면 안 되는 몸인데."

나는 영명의 힘을 빌려 겨우 중심을 바로잡았다.

"그래서, 날 찾아온 이유가 뭐야?"

"널 찾아오려고 나온 건 아냐. 그냥 밤늦게 산책하다가 네 방에 불이 들어온 걸 우연히 봤을 뿐이지."

영명은 잡았던 멱살을 놓고는 다시 나를 향해 손을 내밀었다.

"같이 갈래?"

"중간고사 몇 주 안 남았거든."

"오래 남았네, 뭐. 어차피 죽을 생각이면서 뭐 하러 그리 공부에 매달리는 건데?"

만에 하나를 위해서다. 죽길 바라고 죽지 않을 이유도

없는 지금의 나로서는, 정말 만에 하나 일어날 일을 대비하는 것이다. 만일 내가 계속 살아가게 된다면, 형의 발끝이라도 따라갈 수 있어야 하니까. 지금은 존재하지 않는 사람과 비교 대상이 되는 것은 고역이다. 현실에 없는 사람은 사람들의 상상 속에서 떠올릴 수 있는 가장 이상적인 모습으로 남으니까. 더 버티지 못하고 생이 끝나게 된다면, 나도 조금이나마 이상에 가까운 모습으로 기억될 수 있을까.

"할 수 있는 게 이거밖에 없어서."

"낙서하는 걸 보니 별로 재밌어하는 것 같지도 않은데."

영명은 책상 쪽을 빤히 바라보더니 방 안으로 성큼 들어와 노트를 들어 올렸다. 나는 황급히 그 애를 가로막으려 했으나 괴물의 속도를 따라잡는 것은 불가능했다.

"글씨 예쁘네. 그나저나 열심히 고민하는 모양이야."

예쁘다니. 완벽한 구석이라고는 없는 서툰 글씨가 어떻게 예뻐 보인다는 걸까. 영명은 노트를 곱게 접어 다시 책상 위에 놓았다. 내가 뭐라 하려는 참에 영명은 씩 웃으며 날개를 가리켰다.

"좋아, 이렇게 하자. 한 시간만 나랑 어울려 줘. 그럼 다른 사람들은 이 동의서에 뭐라고 썼는지 알려 줄게."

"다른 사람?"

그러고 보니 왜 그 생각을 못 했을까. 조금만 생각해 봐도 영명이 내게만 이런 기행을 벌였을 리가 없다. 당장 닥친 상황이 버거워 이런 단서를 놓치고 있었다니.

"정말이지?"

"그럼. 예시를 알면 생각하는 데 좀 도움 되지 않겠어?"

"어울려 달라는 건 같이 밤 산책이라도 해 달라는 소리야?"

"저번 비행 재밌지 않았어?"

대답할 새도 없이 영명은 다시 폴짝 창 너머로 뛰어내리더니, 창틀 위에 걸터앉은 채 내게 두 팔을 뻗었다.

"안긴 채로 날아야 하는 거야?"

"매달려 나는 것보다는 낫잖아."

그때 느꼈던 두려움은 어디로 갔는지 나는 몇 초의 틈도 없이 창밖을 향해 몸을 내밀었다. 그리고 영명의 두 팔에 들려 그대로 위를 향해 날아올랐다. 그때는 제대로 감상하지 못했던 야경이 눈에 들어왔다. 모두가 잠든 시간의 도시는 거리를 따라 늘어선 가로등과 드문드문 빛나는 창문 탓에 여전히 밝았다.

"시선을 못 떼네. 그렇게 풍경이 마음에 들어?"

"마음에 드는 것까진 아냐. 그냥 볼만하다 정도지."

하늘 위에서 본다는 것 말고는 더없이 평범한 풍경이었다. 저렇게 어두운 거리를 맘 편히 돌아다니지 못한 지오래됐는데도, 멀리서 보니 언뜻 밤하늘과 비슷해 두렵지 않았다.

영명이 나를 놓치면 그대로 바닥에 떨어질 텐데, 나는이 상황이 이상하게 편안했다. 누군가가 나를 해치지는 않을까 걱정하는 것보다 내가 누군가에게 상처 줄까 봐염려하는 것이 몇백 배는 힘들었다. 나 같은 존재는 이 애에게 민폐조차 될 수 없다. 이런 비틀린 관계가 아니면 지금처럼 고요한 순간이 내 삶에 또 찾아올까.

"있잖아."

"응?"

"동의서에 기한 같은 건 있어? 언제까지 쓰지 않으면무효가 된다거나."

아니면 네가 여길 떠난다거나.

영명은 천천히 날개를 펄럭이며 야경이 펼쳐지는 도심 한가운데를 향해 날아갔다.

"난 인내심이 그리 좋은 편은 아니지만, 네가 나와 한 약속을 깨고 도망가는 걸 내버려 둘 생각도 없어."

그렇게 말하며 슬쩍 내 안색을 살피는 걸 보니, 내가 두려워할 줄 알았나 보다. 나는 최대한 뻔뻔하게 미소 지으며 영명의 야행에 따라 나온 대가를 요구했다.

"그럼, 네가 말한 약속은 지금 지켜 줘. 내가 빨리 이유를 생각해 낼 수 있게."

나름 용기라고 낸 건데 영명은 재롱 피우는 애를 보듯이 생글 웃어 보였다.

"뭐, 좋아. 제일 기억에 남는 건……."

사고로 사지를 못 쓰게 된 운동선수는 자신의 재능이 전부 사라졌다는 것을 이유로 동의서를 작성했고, 그 이유에 서명해 준 사람은 그의 감독이었다. 학창 시절 내내 괴롭힘을 당하고, 졸업한 뒤로도 악몽에 시달리던 대학생은 하루하루가 무섭다는 것을 이유로 댔다. 서명은 그의 상담사가 해 주었다.

"하나같이 불쌍한 이유지. 누가 그 이유를 듣고 그래도 살아야 한다고 바로 말할 수 있겠어."

"응, 무슨 말인지 알 것 같아."

"참 얄궂어. 증인들은 자신의 서명이 그들에게 끝을 선물했다는 걸 모를 테니까."

서호에게 서명을 끝내 부탁하지 못한 것도 비슷한 이유였다. 내게 조심스러운 사과를 건네고, 겨우 안정을 찾은 옛 친구에게 또 다른 짐을 지우고 싶지 않았다. 설령 그짐의 무게를 상대가 끝내 모른다 하더라도.

"감독은 선수가 현실을 빨리 인정하고 새로운 시작을 하길 바랐어. 상담사는 자신의 내담자가 공포를 직면하고 그 속에서도 버틸 방법을 찾아내길 바랐지."

서호도 내가 그러길 바랐겠지. 영명은 여전히 웃고 있었으나 입꼬리는 한 치의 미동도 없이 인형처럼 그대로 굳어 있었다.

"그 기대를 알아차리지 못했던 걸까, 아니면 너무 무거웠던 걸까."

이상했다. 목숨을 받아 냈으니 분명 영명에게는 바라는 결말이었을 텐데. 왜 안타깝다는 듯이 말하는 건지 이해가 가지 않았다. 설마 목숨을 빼앗는 일에 죄책감이라도 느끼는 걸까. 평소 행동을 보면 그런 생각은 전혀 들지 않는데.

"그래서 유감이야?"

"그럴 것 같아?"

"전혀. 그게 네가 바라는 거잖아. 수명을 먹는 괴물이라며."

영명의 웃음이 점점 흐려졌다. 여전히 입가는 위쪽으로 경사를 그리고 있어서 표정이 무너졌다는 느낌은 들지 않았다. 그런데도 내가 뭔가 잘못 말했다는 것만큼은 확실히 느껴졌다.

"네 말이 맞지. 난 사람의 수명 없이는 살아갈 수 없으니까."

나를 안은 영명의 손에 힘이 꾹 들어갔다. 떨어질 리 없는데도 순간 심장이 철렁했다.

"내가 문제 하나 낼까?"

"무슨 문제?"

"자살을 결심한 사람의 수명은 그리 길지 않아. 사람의 수명은 정해져 있지 않아서 상황에 따라 시시각각 변하거든. 그러니 너 같은 사람들은 남은 수명이 길어 봤자 몇 년

밖에 되지 않는다는 거지."

그렇게 말하며 영명은 나를 꽉 잡아 들고는 순간 몸을 위아래로 확 뒤집었다. 어질한 느낌에 순간 구역질이 일었다. 시야에 선명한 가로등 불빛이 담겼을 때는 정신을 놓을 뻔했다.

"그럼, 난 왜 굳이 너처럼 죽고 싶어 하는 사람들에게서만 동의서를 받는 걸까?"

당연한 대답밖에 떠오르지 않았다. 죽고 싶어 하지 않는 사람이, 순순히 목숨을 내주겠다는 동의서를 쓸 리가 없으니까. 그런 걸 기대하고 문제를 낸 건 아닐 거라 생각하니 도무지 갈피가 잡히지 않았다.

"좋아, 고민하는 걸 보니 한심한 답을 할 생각은 없는 모양이네. 당장 답하라고 준 문제는 아니니까 천천히 고민해도 돼."

닿을 리 없는 전구의 열기가 머릿속을 어지럽혔다. 내가 힘들어한다는 걸 눈치챘는지 영명은 금세 원래대로 돌아와 나를 고쳐 안았다. 마냥 까맣기만 한 하늘이 다시 내 주변을 둘러쌌다.

"미안. 많이 힘들었어? 재밌어할 줄 알았는데."

"다음엔 미리 말하고 해."

"다음 산책에도 어울려 주게?"

"자진해서 따라나설 일은 없을 거야."

영명의 눈매가 깊게 휘어졌다. 그 대답조차도 긍정이라 받아들인 건지, 날개가 아까보다 더 빨리 퍼덕였다.

"한 시간 되려면 아직 좀 남았어. 한 바퀴만 더 돌자, 괜찮지?"

"어차피 네가 놓아주지 않으면 끝내지도 못하잖아."

하늘을 가르는 속도가 점점 빨라졌다. 들뜬 아이가 뜀박질을 주체하지 못하듯이 서툴고 급작스러운 움직임이었다. 동의서를 쓴 다른 사람들과도 이렇게 비행했을까. 만약 그렇다면 영명은 나는 데 재능이 없는 게 분명했다. 태어날 때부터 날개를 가졌을 영명이 그럴 리는 없겠지. 그렇게 생각하다 보니 이상하게 미소가 나왔다.

"그런데 말이야."

그로부터 십 분 정도는 더 비행한 뒤에야, 나는 지난번에 영명과 했던 약속을 떠올렸다.

"혹시 서호 기억은 지웠어?"

"네가 말하면 그때 지우려고 했는데, 왜?"

그 말에 절로 안도감이 들었다. 내가 어떻게 하고 싶은 지는 그 덕에 금방 알아챘다.

"굳이 지우지 않아도 돼."

"어차피 서명해 달란 부탁도 안 했으니까?"

"아니. 다시 얼굴을 보려면 그땔 기억하는 편이 나으니까."

그게 설령 언제가 될지는 몰라도. 여기서 더 삶을 이어 나가든 그러지 않든 한 번은 더 만나고 싶었다. 그래야만 할 것 같았다. 어쩌면 그날 전화번호를 받았을 때부터 정해진 일이었다.

"연락해 봐야겠어."

"문서호한테?"

"응. 우리 학교 축제는 외부인도 참석할 수 있으니까, 놀러 오라 해 보려고."

부모님이라면 내가 피하고 있다는 사실을 몰라도 내 인간관계를 생각해서 친구와 같이 있을 때까지 말을 걸지는 않겠지. 이용하는 기분이 드는 것은 어쩔 수 없지만, 죽기로 해 놓고 인연은 쉽게 놓지 못하는 스스로에게 의문을 가지는 것보다 훨씬 마음이 편했다.

7. 묻지 못하는, 묻어 두었던

약속한 한 시간이 지나자마자 영명은 성단을 데리고 학교로 돌아왔다. 한 시간은 어떻게든 채우겠다며 이곳저곳 날아다녔다. 성단이 돌아간 후, 영명은 자습실에 들어가 너덜너덜한 수첩을 꺼내 오늘 있었던 일을 적었다.

비행 내내 반항 한번 없이 가만히 안겨 있던 것만도 다행이었는데, 나름 깊은 대화까지 오가다니 큰 수확이었다. 그래도 그 정도 분위기를 만들어 줬으면 감성에 젖어 과거 일 하나쯤은 털어놓을 줄 알았다. 하다못해 어릴 적 사소한 일화라도 가볍게 꺼낼 만하다고 생각했다.

'억지로라도 환심을 좀 살 수 있을 줄 알았는데 과거 일을 말해 줄 기미가 전혀 없었지.'

이곳에 온 지 고작 몇 주밖에 되지 않았음에도, 영명의 수첩은 벌써 명을 다해 갔다. 남은 페이지마저 이미 오랜 시간을 버텼는지 누렇게 변해 있었다. 영명은 혹시나 펼친 수첩이 앞쪽으로 넘어갈까 봐 한쪽을 왼손으로 꾹 누른 채 글을 적었다.

'유성단은 왜 그렇게까지 자기 탓을 해 대는 거지? 차라리 대놓고 악인이라면 다루기 쉬울 텐데. 그런 강박이 어디서 나오는지 모르겠네.'

사람의 고민은 논리로 해결될지 몰라도 마음을 바꾸는 것은 쉽지 않다. 겉으로 보이는 문제가 해결된다고 해서 태도가 단숨에 달라지지는 않는다. 해결했다고 생각했는데, 결국에는 아무것도 바뀌지 않은 채로 떠나보낸다. 그 정도면 적응될 만도 한데, 과거를 흐릿하게 만들지 못하는 기억력은 매번 그날의 기억을 불러왔다.

'괜찮아. 최악은 아니야. 아니, 어쩌면 지금까지 겪은 일 중 제일 좋은 기회일지도 몰라. 저 괴물이 덜 협조적인 게 마음에 걸리긴 하지만, 빚을 지워 뒀으니 부탁을 완전히 외면하진 못하겠지.'

불안감이 겨우 가라앉자 문득 성단은 지금 뭘 하고 있

을지 궁금해졌다. 여전히 어제처럼 죽음 동의서에 적어 낼 이유를 고민하고 있을까. 아니면 늘 그랬듯 공부에 매 달리고 있을지도 모른다. 처음 같이 날았던 날에도 그랬 다. 숨어야겠다는 생각에 방에 틀어박혀 있으면서 볼펜을 손에서 놓지 못했던 모습이 괴상할 만큼 안쓰러웠다.

'그 괴물이 하루빨리 요령을 익혀야 답이 보일 텐데. 언 제까지 기다려야 할까.'

* * *

일요일 오후, 세월은 국어 선생님의 호출을 받고 부실 로 향했다. 애석하게도 부실에 먼저 와 있던 사람은 혜성 뿐이었다.

"어, 일찍 왔네?"

머쓱한 티가 잔뜩 묻어나는 인사였다. 세월은 애써 혜 성의 말을 무시하며 최대한 멀리 떨어진 곳에 자리를 잡 았다. 어색한 공기가 흐르기 시작할 때 소원이 도착했다. 몇 분 지나지 않아 국어 선생님이 늦어서 미안하다는 말 과 함께 부실 안으로 들어왔다.

"주말에 불러서 미안해. 축제 일정은 다들 전달받았지? 다음 주 금요일이라 최대한 빨리 공지해야 했거든."

선생님은 그렇게 말하며 들고 온 유인물을 탁자 중앙에 내려놓았다. 가장 먼저 그걸 집어 든 사람은 탁자 바로 옆에 있던 세월이었다.

"이게 다 뭐예요?"

"축제 때 도서관에서 진행해야 할 일들이야. 주로 물품을 보관하고 관리하는 게 대부분이라 그리 어렵진 않을 거야. 다만 부모님들이 쉴 장소가 부족하단 의견이 있어서, 오전 동안 도서관을 학부모 대기 장소로 쓸 것 같아."

선생님 말에 세월의 안색이 창백해졌다. 종이 한 장 잡을 힘조차 쉬이 들어가지 않는지 손에 들린 유인물이 펄럭이며 탁자 위로 내려앉았다.

"그게 무슨 말이에요?"

"갑자기 일을 늘려서 미안해. 그래도 그때 도서관에 나도 있을 거니까, 그렇게 힘들지는 않을 거야."

도서관에만 있으면 괜찮을 줄 알았다. 물품 배달이야 학생들만 상대하면 되는 거니까. 그래서 축제에 부모님이 온다는 것을 알아도 세월은 아무렇지 않았다. 체면을 중요하게 여기는 부모님은 학교에는 와도 자신이 도서관에 숨어 있으면 굳이 만나러 오지는 않으리라는 걸 알았다.

소원은 슬쩍 눈치를 살피더니 입을 열지 못하는 세월을 대신해서 답했다.

"그래도 이건 좀 갑작스럽네요."

"올해가 개교 첫해라 그런지 규정이 매일같이 바뀌지 뭐니."

소원의 시선은 말하는 동안에도 계속 세월을 향해 있었다. 부모님 이야기가 나오자마자 저런 반응이라니. 화내는 것도 아니고. 아무리 세월이 표현에 서툴다고 해도, 너무 부자연스러웠다.

"그럼 추가된 일은 뭐가 있는데요?"

"부모님들을 직접 응대할 필요는 없어. 기껏해야 다과랑 자리 준비 정도지. 그래도 한 명 정도는 사서 자리에 앉아서 도와드려야 해."

"그걸 꼭 돌아가면서 할 필요는 없죠?"

"서로 동의만 구한다면. 그건 왜?"

"어, 전 솔직히 돌아다니는 것도 귀찮아서 그냥 사서 자리에 쭉 앉아 있으려고요. 부모님들 질문만 받아 주면 되니까 편할 것 같기도 하고요."

세월은 소원의 말에 눈을 끔뻑거렸다. 마치 세월이 뭘 불편해하는지 눈치챈 듯한 절묘한 제안이었다.

"네가 좋다면 그렇게 해."

"그럴게요. 그럼 전달 사항은 이걸로 끝인가요?"

"자세한 건 유인물로 확인하렴. 가장 중요한 건 전달했으니까."

세월은 집에서도 부모님과 말해 본 적이 손에 꼽을 정도였다. 식사도 웬만하면 밖에서 때웠고, 자진해서 다니기 시작한 학원 덕에 집에 있는 시간도 잘 때 말고는 거의 없었다. 자신을 바라보는 부모님의 시선을 보고 싶지 않았다. 다른 사람들 앞에서라면 더더욱.

부실을 나오는 순간에도 세월은 어떻게 하면 도서관에서 눈에 띄지 않은 채로 오전을 넘길 수 있을지 고민했다. 소원이 세월을 달래러 다가가려던 찰나였다. 선생님이 부실에서 뒤따라 나오자마자 소원을 붙잡았다.

"소원이는 잠깐 날 따라오렴. 네 일과 관련해서 안내할 것도 있으니까."

소원은 별다른 저항도 하지 못하고 선생님에게 그대로

끌려갔다. 세월을 향해 손을 흔들면서도 입 모양을 바꿔가며 혜성에게 소리 없이 당부를 남겼다.

'헛짓하면 가만 안 둔다.'

그러나 혜성에게 그 입을 읽어 낼 여유는 없었다. 세월의 안색이 창백하다 못해 점점 어두워졌고, 꾹 다물렸던 입은 자그마하게 혼잣말을 중얼거리고 있었다. 표정 없는 얼굴 위로 드리운 공포가 도화지 위에 흩뿌려진 먹만큼이나 선명했다.

"이, 이세월, 괜찮아?"

"……안 돼."

"뭐?"

"이런 이야기는 못 들었단 말이야. 어디에 숨어 있어야 하지? 어떻게, 어떻게 해야……."

혜성은 세월의 눈에서 시선을 떼어 내지 못했다. 떠올리고 있는 기억이 뭔지 궁금해할 새도 없었다. 세월이 왜 괴로워하는지, 어떻게 해야 가쁘게 오가는 세월의 숨을 원래대로 돌릴 수 있을지에만 신경이 쏠렸다. 자신이 알아내지 못해도 좋으니 세월에게서 악몽이 떠나가기만을 바랐다.

'네게 미움받더라도.'

허락 없이 이야기를 먹지 않는다. 오래전부터 자신의 식욕을 붙잡아 오던 말이다. 먹음직스럽다는 생각은 전혀 들지 않는데도 지금만큼이나 그 약속이 원망스러웠던 적은 없었다.

'전부 다 털어놓는다면, 네 기억을 지워 줄 수 있을까.'

그때, 마냥 뿌옇던 세월의 눈동자 너머의 장면들이 한순간에 선명해졌다. 그러나 세월이 쓰러지는 일은 일어나지 않았다. 기억을 먹으면 상대가 의식을 잃는다는 것을 떠올린 뒤에야 혜성은 무슨 일이 일어나고 있는지 알아챘다. 기억을 지워 내기를 바랐을 뿐이다. 혜성은 그제야 세월의 이야기에 다가갔다. 세월의 기억이 아닌, 세월 자체를 바라본 후에야.

영명의 말대로 이야기를 먹던 때와는 달리 혜성이 볼 수 있는 건 세월이 방금 떠올린 생각뿐이었다. 그것만으로도 충분히 세월의 괴로움을 알 수 있었다. 널 낳지 말았어야 했는데. 그게 세월의 어머니가 한 말이라는 것을 이해하는 데는 잠시 시간이 필요했다. 좋게 말해 줘도 애물단지, 액면 그대로 표현한다면 괴물. 부모님의 말에서 세월은 그렇게 그려지고 있었다. 혜성이 겪은 세월을 과장하고 왜곡해야 겨우 그들의 표현에 닿을 수 있겠다 싶을 정도로 매정한 묘사였다.

혜성은 세월이 마냥 단단한 사람이라고 생각했다. 자신이 원하는 걸 향해 나아가는 모습에 망설임 같은 건 없어 보였다. 세월의 안에서 이런 목소리들이 들끓고 있는 걸 알았다면. 그랬다면 뭔가 바꿀 수 있었을까.

'아냐. 미움받아서는 안 돼.'

먹어도 되는지 허락을 받으려면 자신이 기억을 지울 수 있는 존재라는 걸 털어놓아야 했다. 그랬다가 다시 멀어진다면. 영영 멀리하거나 초여름으로 돌아가거나. 하지만 둘 중 어느 것도 택하고 싶지 않았다.

'널 혼자 두고 싶지 않아.'

세월을 그 목소리들 속에 홀로 남겨 두고 싶지 않았다. 네가 봄을 기억하고 있다면, 네가 그랬던 것처럼 널 안아 줄 수 있을 텐데. 혜성의 마음속에서 후회가 스멀스멀 피어올랐다. 조금만 더 관심을 가질걸. 혼자 이별을 준비하느라 낭비한 시간을 너와 함께 보냈더라면, 널 구해 낼 말을 떠올릴 수 있었을까.

혜성은 세월과 옥상에서 마주했던 날을 떠올렸다. 가족 이야기를 꺼내려던 세월은 부모님이 동생을 너무 예뻐하는 게 탈이라는 실없는 소리로 급히 말을 끝맺었다. 그때 말꼬리를 잡고 캐물었더라면. 혜성만큼은 여전히 세월의 사연을 기억해 줄 수 있었을 터였다.

"진정해. 일단 천천히 심호흡부터 해 봐. 그럼 좀 나아질 거야."

"그게 문제가 아니야. 그런다고 상황이 바뀌는 게 아니라고. 대체 어떻게 해야……."

본인도 무슨 말을 하는지 모르는 모양이었다. 세월은 앞에 있는 혜성에게는 시선도 주지 않은 채 요동치는 자신의 양손을 꽉 맞잡았다. 혜성은 어떻게 도와야 할지 몰라 돕겠다는 말조차 하지 못하고 세월의 옆을 지켰다. 불행 중 다행으로 숨을 가쁘게 쉬던 세월이 금방 원래 상태로 돌아왔다.

"험한 꼴을 보였네, 미안. 좀 당황해서 그래. 원래 계획이 갑자기 틀어지는 걸 싫어해서."

그게 얼마나 서투른 변명인지 알았음에도 혜성은 고개를 끄덕이며 그럴 수 있다는 식으로 대답했다. 세월이 곁으로는 멀쩡해 보여도 도무지 안심되지 않았다. 기숙사까지 데려다줘도 되겠냐고 물으려 했으나, 세월은 혜성이 호의를 건넬 틈조차 주지 않은 채 그 자리를 쏜살같이 빠져나갔다.

* * *

"그래서, 세월이는 괜찮아?"

대답 대신 돌아온 정적에, 소원은 혜성에게 물어볼 질문을 하나하나 속으로 정리했다. 다행히도 혜성은 소원이 질문하기 전에 자진해서 자신이 한 일을 털어놓았다.

"방금 세월이의 기억을 들여다봤어."

"뭐?"

"진정해. 먹은 게 아니야. 들여다본 것뿐이지. 세월이가 너무 힘들어해서 어떻게 해야 할지 도무지 감이 잡히지 않았어. 알고 싶다고 생각했을 뿐인데……."

그런 능력도 있었냐고 물어볼 줄 알았는데, 소원은 그럴 정신도 없다는 듯 말했다.

"그러니까, 기억을 먹은 게 아니니 괜찮다고? 너도 알고 있지? 엿보는 것도 잘못인 거.”

혜성은 차마 알고 있다는 말을 입 밖에 내지 못했다. 어렴풋이는 알았지만 간절함에 가려진 탓에 이제야 실감이 났다.

그렇다고 이제 와서 미안하다고 전하려면 자신의 능력을 전부 말해야 한다. 방금 세월의 과거를 들여다본 것도 이전에 기억을 먹은 일도 전부. 그게 가장 빠르고 깔끔한 해결책이라는 것은 알고 있었다.

“어차피 오래는 못 숨길 일이었어. 이미 학교에 괴물이 하나 더 판치고 있는데 마냥 조용히 정체를 숨기는 게 가능할 리가 없지.”

“그게 다야?”

“내 쪽에서 말 안 하는 걸 다행으로 여겨. 그나마 봐 온 게 있으니까 스스로 말하도록 봐주는 거야.

세월의 표정을 보고 금방이라도 나올 듯했던 혜성의 고백은 이제 윤곽조차 보이지 않았다. 세월의 고통을 덜어 주려면 미움받는 것도 감수할 수 있다고 잠깐이나마 생각했다. 그때로부터 얼마나 지났다고, 이제는 사이가 멀어지지 않고도 해결할 수 있는 방법만 고민했다.

"그 일은 내가 알아서 해결해 볼게."

이야기를 먹거나 정체를 말하지 않아도 아픈 기억으로부터 세월을 구할 수 있다면 얼마나 좋을까. 정체를 밝히는 것은 사실대로 말한 후에도 세월이 자신을 떠나지 않을 정도의 사이여야 가능하다. 적어도 지금은 때가 아니다. 소원은 그 속내를 읽기라도 한 건지 헛숨을 깊게 한 번 내쉬며 화제를 돌렸다.

"그래, 말하기 싫으면 어쩔 수 없지만 하나만 물어보자."

"뭔데?"

"세월이가 힘들어한 거, 부모님이 도서관으로 온다는 거랑 관련된 일이야?"

혜성은 놀라 얼빠진 얼굴로 눈을 끔뻑이다가 혹시나 목소리가 엇나갈까 봐 목에 잔뜩 힘을 준 채 대답했다.

"아까 그 일, 눈치채고 말았구나?"

"그렇지 않고서야 가장 힘든 일을 도맡는다고 나서진 않았겠지."

소원은 암담하기만 한 며칠 후 자신의 미래를 생각하며 머리카락을 쥐어뜯었다.

"부럽네."

"누구 놀리냐?"

곧바로 핀잔이 날아왔지만 혜성은 얼굴색 하나 변하지 않은 채로 덤덤하게 받아쳤다.

"진심이야."

혜성은 소원의 눈에 세월이 어떤 모습으로 비칠까 궁금했지만, 아무리 고민해도 윤곽조차 제대로 보이지 않았다. 어떤 식으로 사람을 보고 아껴야만 저렇게 자연스럽게 배려할 수 있는 걸까. 혜성은 세월을 바라기만 할 뿐, 구하는 방법은 알지 못했다.

"난 어떻게 도와야 할지 모르겠어."

세월이 왜 아파하는지 얼마나 힘들어하는지를 아는데, 정작 자신이 무엇을 해야 하는지 알아낼 길이 없었다.

"웃긴 일이야. 과거도 훔쳐본 내가, 너보다 갈피를 못 잡고 있다는 게."

소원은 한쪽 눈썹을 기울이며 못마땅하다는 얼굴로 혜성을 바라보았다.

"이해가 안 가네."

"뭐가?"

"왜 굳이 네가 해결하려고 해? 돕는다는 건 말 그대로 답에 가까워지도록 길을 같이 찾아 주는 거야. 답을 만들어 주는 게 아니라."

혜성은 자신이 먹은 이야기를 찬찬히 떠올렸다. 필요한 조언을 해 주고, 때로는 직접 등을 떠밀어 주기도 했던 반년 동안의 상담을. 기억을 지우기로 택한 것도 자신의 꿈을 되찾아 온 것도 긴 짝사랑을 끝맺은 것도, 전부 결국 당사자들이 선택한 일이었다. 혜성이 등장하더라도 결국 해원의 이야기였고, 해람이 주인공인 이야기였고, 서별과 권다경이 끝맺은 이야기였다.

"반년 가까이 상담만 했으면서 아무것도 못 배웠어?"

과거에서 벗어나야 하는 건 세월이다. 덜 아프도록 도와줄 수는 있지만 아픔을 아예 없애 버리는 것은 선을 넘는 일이다.

"어떤 기적도 남이 대신 만들어 줄 수는 없어. 너희에게 정말 기적이 있었다면 적어도 지금 같은 결말은 나오지 않았겠지."

지금 같은 결말. 세월과 자신이 함께했던 일을 통째로 먹어 버린 걸 말하는 것이다. 그걸 알아챈 혜성은 자기도 모르게 어색한 웃음을 지었다. 그 일을 곱씹으며 후회하는 건 이미 너무나 많이 반복했다.

"날 원망해?"

"무척이나. 반년 치 추억을 통째로 날린 장본인이니까."

"그렇구나. 몰랐네."

"그렇겠지. 네가 언제 나한테 관심을 가진 적이나 있었어?"

탓하는 말투와 달리, 소원은 이미 체념했다는 듯 헛웃음을 쳤다.

"정신이나 바짝 차려. 서영명이랑 상담하기로 한 게 내일이니까."

8. 결국에는 물어볼 이야기

영명은 약속한 월요일 점심시간에 맞춰 세월을 찾아왔다. 세월은 익숙하게 부실 문을 열어 영명을 들였다. 영명은 도서관 쪽을 흘긋 바라본 후 고맙다는 말과 함께 부실로 들어섰다.

"그동안 어떻게 지냈어?"

"그럭저럭."

형식적인 문답이 몇 번 오가는 동안 세월은 주머니에 있는 부적을 의식했다. 어쩐지 영명이 주머니 쪽을 종종 바라보는 것 같기도 했지만 기분 탓이라고 여겼다.

"뭐, 힘든 건 없었고?"

"너야말로 상태가 많이 안 좋아 보이는데."

"상담받을 사람은 너지 내가 아니야."

"그냥 대화 좀 하자는 거지. 상담이라고 해서 나만 너한테 일방적으로 도움받으라는 법은 없잖아?"

세월은 대꾸할 가치도 없다는 듯이 한 귀로 흘려들으며 소원의 당부를 떠올렸다. 주머니 속으로 넣은 손에 고이 접힌 부적이 닿았다.

"그동안 네가 사람을 피하게 된 이유는 생각해 봤어?"

영명은 뻘쭘한 티를 내려 짐짓 어색한 웃음을 지었다. 문서호의 일을 말할까도 싶었지만, 아무리 생각해도 그건 계기일 뿐 근본적인 원인은 되지 못했다.

"내가 다른 사람한테 민폐를 끼치고 사는 것 같아서. 그게 다야. 나도 내가 왜 이러는지는…… 솔직히 모르겠어."

세월은 소원의 경고가 떠올라 두려웠지만 그렇다고 영명의 눈을 피하지는 않았다. 영명은 그 모습에 즐거워하면서 세월의 답을 기다렸다.

"이해해. 그럴 수 있지."

"응?"

"모든 사람이 자신에 대해 전부 이해하고 살진 않으니까. 아니, 그런 사람이 오히려 드물지."

세월은 자신이 스스로를 잘 이해하고 있는 편이라고 생각했다. 공감 같은 건 기대할 수 없는, 사람답지 못한 사람. 한때는 정말로 자신이 그런 줄 알았다. 특별한 일이 있었던 것도 아닌데 반년 동안 자신은 많이 변해 있었다. 뭔가를 잊어버린 게 아닐까 싶을 정도로.

세월은 계속해서 자신을 의심하고 낯설어하며 스스로에 대해 아무것도 모르고 있다는 것을 깨달았다. 영명의 정체를 모르는 세월에게는 이유를 모르겠다는 영명의 말이 변명이라기보다 고백처럼 들렸다. 자신이 왜 이러는지 모르겠다는 불안한 마음을 겨우 드러낸 것만 같았다. 영명의 예상과 달리, 세월의 마음을 그나마 움직인 것은 그 말이었다.

"그래서 상담이 있는 거지. 난 네 답을 만들어 줄 수는 없지만, 답을 찾도록 도와줄 수는 있어."

세월은 말하면서도 자신이 생각한 바에 놀랐다. 어떻게 이걸 깨달았더라. 분명 고등학교에 들어오기 전에는 이렇게 생각한 적이 없는데.

"평소에는 뭘 하고 지내?"

영명은 성단이 평소에 뭘 하고 다니는지 몰랐다. 다만

공부에 집착하고 있다는 것은 어렴풋이 알고 있었다.

"별다른 취미는 없어. 공부 말고는 딱히 하는 것도 없고."

"동아리도 안 들어갔고?"

"응. 공부할 시간 뺏기기 싫어서."

세월은 이 학교에 처음 들어왔을 때의 자신을 떠올렸다. 동아리를 귀찮은 일이라고 여기며 그나마 평화로이 시간을 보낼 수 있는 도서부를 택했다. 무슨 바람이 불어 고민 상담부를 세웠는지는 기억나지 않았다.

"하나쯤은 들어가 봐도 좋을 것 같은데. 특별한 이유가 없는 거라면 말이야."

"관심사가 딱히 없어서. 괜히 시간 낭비하는 기분도 들고."

영명은 성단이 혼자 뭘 하는지 정도는 쉽게 예상할 수 있다고 생각했다. 그런데 세월의 질문에 답할수록 영명이 말하는 성단은 어쩐지 직접 본 모습과 점점 멀어지는 듯했다. 세월은 영명에게 평소의 습관이나 행동을 반복해서 물었지만 영명의 대답은 계속 두루뭉술했다. 상담 시간이 끝나 갈 무렵, 영명은 몇십 분만에 겨우 먼저 말문을 뗐다.

"근데 말이야."

"응?"

"네가 물어본 건 내가 평소에 어떻게 지내는지가 전부 잖아. 내가 다른 사람들을 불편하게 여기는 게 갑자기 일 어난 일도 아니고, 이유를 제대로 알아내려면 과거를 물 어보는 게 훨씬 낫지 않아?"

"그럼 정확히 언제부터 그런 건지 말해 봐. 이유를 모르 겠다며. 과거를 전부 말하기라도 할 셈이야? 설령 가능하 더라도 그걸 오늘 다 말할 수는 있고?"

영명의 입이 턱 다물어졌다. 세월은 영명과 상담 기록 지를 천천히 번갈아 보며 말을 이었다.

"이유가 같다고 해서 모든 사람이 같은 행동을 하진 않 아. 똑같이 기억을 지우고 싶어 해도 그 기억이 괴로운 이 유는 전부 다른……."

한순간 정적이 흘렀다. 기록지의 흔적으로만 보았던 이야기가 마치 겪은 일처럼 자연스레 흘러나왔다.

"아무튼 내 얘기는, 네가 그러는 이유를 알려면 너의 평 소 모습을 잘 살피는 게 중요하다는 말이야. 답은 몰라도 단서는 찾을 수 있을 테니까."

누군가에게 자신의 과거를 털어놓게 하는 것은 어려운 일이다. 과거를 털어놓으려는 사람과 그 이야기를 듣기 위해 준비된 공간. 세월이 남들의 이야기를 그나마 쉽게 들을 수 있었던 것은 그 두 가지가 충족됐기 때문이다. 그러나 정말로 숨겨진 이야기를 알아내려면 직접 관찰하고 파헤쳐야 한다. 부원들이 영명을 만나는 것을 왜 그리 말렸는지는 세월이 찾아내야 하는 진실일 터였다.

"다음 상담도 예약할 거야?"

"고민해 보고. 일정이 언제 괜찮을지 모르겠어."

세월에 대한 호기심은 여전했으나 마음속을 간질이는 불쾌감이 영명을 바깥으로 떠밀었다. 영명은 부실에서 나오자마자 멀리서 자신을 노려보는 살기를 느꼈다.

'허튼짓하나 지켜보는 거겠지.'

영명은 혜성의 속을 건드리는 대신 계단 쪽으로 걸어갔다.

평소 뭘 하고 지내는지로 사람을 피하는 이유를 알 수 있다니. 영명은 그게 얼마나 허무맹랑한 이야기인가 싶어 저절로 좁혀진 미간을 손끝으로 폈다.

'매번 실패했어. 무슨 짓을 다 해도 그때처럼 성공하지

못했다고.'

세상 모든 이야기를 모으고 살아온 역사를 되짚어도, 결국에는 모두 같은 결말이었다. 아무도 지나다니지 않는 계단에서 영명은 머리카락을 쥐어뜯으며 복잡한 머리를 진정시켰다.

'이번만큼은 달라. 그 애는 돌발 행동도 거의 없고 생각 이상으로 순순해. 무엇보다…… 드디어 찾았잖아.'

이야기 먹는 영혼을. 자신이 원하는 결말을 위해 누구보다 필요한 존재였다. 몇십 년 전 잠깐 돌았던 소문을 빼면 살았는지 죽었는지도 모르는 존재였는데, 인간 여자애 하나에게 홀려 이런 곳에 머물고 있다는 것을 알았을 때는 안도하면서도 우스웠다.

'뭐가 그렇게 대단하고 사랑스러워서 붙잡혀 있나 했더니.'

세월은 영명의 당황스러운 언행에도 동요를 보이지 않았다. 애초에 그 정도는 별로 신경 쓰이지 않는다는 듯이. 영명은 본인 감정에는 무디면서도 나름대로 돕겠다고 나서는 세월이 꽤 재밌기는 했다.

'그래서 다음에도 찾아갈 거냐고 한다면…….'

한참 계단을 내려오고 나니 뒤쪽으로 고개를 돌려도 부실은 물론 위층 복도도 보이지 않았다. 영명은 미련 없이 시선을 거두고 아래로 내려갔다.

* * *

혜성은 생각 외로 평화로이 흘러간 상담에 급한 불은 껐다 싶어 홀로 안도의 숨을 내쉬었다. 그렇다고 세월을 바로 찾아갈 용기가 나지는 않았다. 모든 걸 밝힐지, 아니면 여전히 때를 기다릴지 결정하지 못했다. 하지만 저녁 시간을 알리는 종이 울리자 혜성의 발걸음은 도서관 쪽으로 향했다.

먼저 가서 세월을 기다릴 생각이었는데, 저녁을 거른 건지 세월은 벌써 사서 자리를 차지하고 있었다. 가까이 다가가 보니 세월은 등받이에 기대어 잠들어 있었다. 요즘 제대로 잠을 자지 못하는 것 같았는데, 이렇게라도 쪽잠을 자니 다행인가 싶었다. 가까이서 얼굴을 보기 전까지는 그랬다.

"미안해요. 나 때문이에요. 전부 나 때문에⋯⋯."

낮게 읊조리는 세월의 목소리는 갈 곳 없이 바닥으로 내려앉았다. 혜성이 이 자리에 없었다면 누구에게도 닿지 못하고 사라졌을 말이다. 이내 세월의 고개가 옆으로 툭 떨어졌다. 행여나 일어났을 때 목이 배길까 봐 혜성은 세월에게 가까이 가서 조용히 말을 걸었다.

"그렇게 자면 고생 좀 할걸. 소파에서 마저 자."

계속 말해도 깰 기미가 보이지 않자 검지로 세월의 어깨를 툭 건드려 보았다. 세 번을 그리하자 천천히 눈을 떴다. 잔뜩 긴장했던 세월의 눈가가 서서히 풀어졌다.

"악몽이라도 꿨어? 잠꼬대가 평범하진 않던데."

혜성은 거짓말에 재능이 있었다. 잠든 내내 꾹 주먹을 쥔 세월을 안타까워하면서도, 의심을 피할 기회는 본능적으로 알아챘는지 지어낸 말이 막힘 없이 나왔다.

"잠꼬대까지 하는 줄은 몰랐는데. 이제 도서관에서 자기는 글렀네."

"많이 졸리면 사감 선생님께 말씀드리고 들어가서 자."

세월은 고개를 저으며 보던 문서를 다시 앞으로 끌어왔다.

"어디까지 들었는데?"

"몇 마디 들었을 뿐이야. 네가 부모님이랑 사이가 안 좋다는 게 짐작 갈 정도로만."

세월은 오늘도 악몽 속에 등장한 부모님의 모습을 떠올렸다. 자신이 꿈에서 했던 말을 혜성이 들었다고 생각하니 볼이 확 달아올랐다. 미안하다는 말을 몇 번이나 되뇌었던가. 내가 잘못했으니 늘 그랬던 것처럼 없는 사람 취급하라는 말도 한 것 같았다.

"있잖아, 할 말이 있는데……."

혜성은 본인답지 않게 말을 더듬으며 시간을 끌었다. 차라리 말해 버릴까. 사실은 네 기억을 직접 들여다본 거야. 나는 이야기를 먹는 괴물이고 네가 봄을 기억하지 못하는 건 네 몫의 봄까지 내가 다 가져가 버렸기 때문이야. 그 말만 하면 되는데. 가장 아픈 과거도 다 이야기한 적이 있는데. 이미 들켰던 사실을 다시 되짚어 주는 것뿐인데. 그런데도 도무지 말할 엄두가 나지 않았다.

"축제 날은 부실에서 쉬고 있어도 돼. 부모님이랑 마주치고 싶지 않을 거 아냐."

세월은 그래도 괜찮겠냐고 묻지 않았다. 혜성은 계속 세월을 안심시키려 열심히 머리를 굴렸다.

"반마다 인원을 뽑는다니까, 한 명쯤은 쉬어도 되지 않겠어? 아니, 쉰다는 건 좀 그렇고 부실에서 물품 목록을 관리하는 건 어때? 혹시 모자란 물건이 있으면 알려 줄 사람도 필요하니까."

세월은 어안이 벙벙한 얼굴로 고개를 끄덕였다. 부모님을 마주치지 않아도 된다는 사실에 꽉 들어찼던 불안이 서서히 사그라들었다. 그 틈을 채우는 것은 잊고 있었던 의심이었다.

"네 속을 모르겠어."

그래도 전보다 훨씬 따뜻한 말투였다. 날카로이 대하기에는 혜성의 배려가 마음에 걸렸다.

"그걸 대놓고 말할 줄은 몰랐는데."

"네가 수상하게 굴잖아."

세월은 자신이 한참 전에 비슷한 말을 한 적이 있다는 걸 기억하지 못했다. 단순히 잊어버린 거라면 어렴풋이 떠올릴 만도 한데, 통째로 도려내진 탓에 공백만 겨우 느낄 수 있었다.

"서영명을 상담하지 말라는 게 그렇게 수상했어?"

"너라면 안 그렇겠어?"

"그렇겠네."

조금이라면 괜찮지 않을까. 어차피 말할 거라면, 딱 겁내지 않을 정도만 말하는 건 괜찮을지도 모른다.

"걘 널 인질로 삼을 생각이야."

"뭐?"

"걔가 나한테 요구하는 게 있거든. 그게 뭔지, 영명이 어떤 애인지 네가 알아 버리면 정말로 돌이킬 수 없어져."

그러니 지금은 이쯤에서 만족해 줘, 네가 위험해지게 내버려 두고 싶지 않아. 거기까지 말을 이었다가는 세월의 자존심을 건드렸을 것이다. 그걸 알았기에 혜성은 말을 아꼈다.

세월에게 혜성의 경고는 전혀 와닿지 않았다. 그러나 인질이라는 말을 듣고도 대책 없이 무조건 괜찮다고 말할 만큼 무모하지도 않았다. 영명을 상담하는 내내 무의식적으로 느껴졌던 섬뜩함이 조금이나마 신빙성을 더했다.

"솔직히 미친 소리 같은 건 너도 알지?"

"그렇게 말해도 할 말은 없지."

"그래도 믿어 볼게."

세월은 혜성이 지금까지 자신을 대했던 태도를 회상했

다. 다른 이들에게 그렇듯 기본적으로는 다정했다. 특별한 일이 있었던 것도 아니다. 그저 남들에게 하듯 같은 동아리원에게 할 만한 배려를 건넸을 뿐이다.

"대신, 지금의 경고가 거짓말이라면 각오해야 할 거야."

영명이 정말로 혜성을 협박하고 있다면, 어째서 자신을 인질로 삼는 것인지 이해가 가지 않았다. 의문이 들자 마음에 걸렸던 것들이 연달아 떠올랐다. 왜 혜성은 지난 학기에는 말해 본 적도 없는 나를 이리도 친근하게 대하는 걸까. 그동안 동아리 활동은 일절 하지 않았다면서 왜 굳이 지금, 그것도 나와 소원밖에 없는 이런 곳에 들어온 걸까. 감추고 싶은 게 있으면 그저 날 모른 척하면 될 텐데, 대체 뭐가 두려워 내 태도에 이리 불안해하는 걸까.

"상담은 계속하게?"

"갑자기 거절하면 수상하게 생각할지도 모르잖아. 한 번만 더 하고, 다음부터는 사정상 한 명을 너무 여러 번 상담해 줄 수는 없다고 말해야지. 정 걱정되면 같이 들어와도 되는데."

"밖에서 지키고 있을게. 수상한 낌새가 보이면 바로 들어갈 테니까 안심하고."

혜성이 안도하며 웃음 짓자, 세월은 서툴게나마 그 웃음을 맞받아 주려 입꼬리를 올렸다. 여전히 어색하기 짝이 없는 웃음이었다.

세월은 잠깐이나마 혜성에게 자신이 다른 사람보다 더 특별한 게 아닐까 생각했다. 그러나 그 생각과는 너무나 어울리지 않는 사실만 뒤이어 떠올랐다. 특별할 이유도 계기도 없다. 반년 동안 마주한 기억도 없다. 심지어는 혜성이 입학식 때 신입생 대표였다는 사실마저 잊고 있었다. 특별하다고 생각하고 싶어지는 이유는 하나였다. 적어도 세월에게는 혜성이 특별해지고 있었다. 왜 이렇게 되어 버린 건지는 알 길이 없었으나, 그것 말고는 이런 감정을 설명할 방도가 없었다.

'일단은 곧 다가올 일만 생각하자. 그래, 일단은……'

얼마 남지 않은 축제와 영명과의 상담. 둘 중 어느 것도 가벼운 일은 아니었다. 세월은 시간이 빠르게 흘러 얼른 자신만 모르는 비밀에 닿을 수 있기를 바랐다.

* * *

축제 때 우리 반이 뭘 할지는 금방 정해졌다. 애초에 후보도 별로 없었는데, 그중에서 그나마 유령의 집 정도가 해 볼 만했다. 교실을 꾸미기만 하면 할 일이 별로 없고 유령 역할을 맡은 학생을 제외하면 축제 내내 마음대로 돌아다닐 수 있었다. 그래서 내가 그 역할을 맡지 않기만을 간절히 바랐다. 어둑한 곳에 홀로 서 있는 것은 상상조차 하기 싫었다. 다행히도 유령 쪽은 생각보다 자원자가 많았다. 축제 준비로 따로 시간을 내지 않아도 될뿐더러 두 시간마다 교대하는 방침 덕이었다.

교실 꾸미는 일을 맡은 것은 다행이었지만, 나와 같이 일하는 애들 사이에 흐르는 어색한 기류는 어쩔 도리가 없었다. 한 학기 동안 누구와도 어울리지 않은 대가를 이런 방식으로 치를 줄은 몰랐다. 후회되지는 않았으나, 씁쓸함은 어쩔 수 없었다.

교실 꾸미는 방법에 대한 회의를 주도하는 사람은 우리 반 반장이었다. 이름은 유영이고, 미술부에 다닌다는 것이 내가 아는 전부였다.

"정해진 예산으로 제대로 된 의상은 못 살 것 같아. 꼭 필요한 도구만 사고, 나머지는 직접 만들어야 해."

"예산이 얼마길래?"

유영은 질문을 꺼낸 친구에게 들고 있던 서류를 슬쩍 보여 주었다.

"겨우 그거야? 옆 반은 연극한다던데, 이 예산으로 그게 돼?"

"거긴 방송부 부장이 있잖아. 조명 같은 무대 장치는 방송실에서 가져온대."

"그런 걸 막 써도 돼?"

평범하게 오가는 대화조차 따라잡기 어려웠다. 어디에 시선을 두어야 하나 갈팡질팡하는 찰나, 유영과 눈이 마주쳤다. 유영은 어색한 웃음을 지으며 내 앞에 있는 노트를 가리켰다.

"성단아, 혹시 회의 필기를 부탁해도 될까? 내가 얘기하는 동시에 뭘 적긴 힘들 것 같아서."

내가 대화에 부담을 느낀 걸 눈치챈 걸까. 의도한 배려인지는 모르겠지만, 펜을 쥐자마자 절로 안도감이 느껴졌다. 그러나 늘 그랬듯 펜 끝이 종이에 닿자마자 가슴이 훅 답답해졌다. 아직 백지인 노트 위로 잔상처럼 누군가의 글씨가 드리웠다. 나는 그 글씨의 반의 반이라도 따라잡기 위해 획 하나하나에 정성을 들였다. 그러나 점점 빨라지는 대화 탓에 선은 점점 흐트러져서 본래의 모양을 잃어 갔다. 한계에 다다랐다고 느낄 즈음, 점심시간의 끝을 알리는 종소리가 울렸다. 나는 유영이 내민 손에 노트를 쥐여 주고 재빨리 자리로 돌아가려 했다.

"유성단, 너 글씨 되게 깔끔하게 잘 쓴다."

간단한 칭찬 한마디일 뿐인데 유영 옆에 있던 아이들의 시선이 일제히 노트 쪽으로 향했다. 혹시 내가 잘못 본건가 싶어 다시 노트를 확인했지만, 글씨는 여전히 깔끔한 것과는 거리가 멀었다. 적어도 내 눈에는 그랬다.

"그러네. 심지어 내용도 엄청 자세하게 적었어."

칭찬할 게 없어 억지로 쥐어짜는 걸까, 아니면 진심인걸까. 둘 다 내게는 어색하기 그지없어서 짤막하게 고맙다고만 답하고 쏜살같이 자리에서 일어났다.

그 뒤로 회의를 기록하는 일은 자연스레 내가 맡게 되었다. 그편이 나쁜 아니라 다른 애들에게도 훨씬 편했다. 유영이 가끔 내 생각은 어떠냐고 물어 올 때마다 당황스러웠지만, 보통 긍정만 하면 끝날 질문이었기에 그리 부담스럽지는 않았다.

"암막 커튼, 검은색 테이프, 페이스 페인팅 도구…….
물품은 이 정도면 된 거 같으니까 오늘 담임 선생님한테
목록 넘길게. 혹시 더 필요한 거 생기면 나한테 말해 주
고."

주변 애들을 멀리하다 보면 이런 대화에 끼는 일은 둘
째 치고 오가는 말조차 들을 일이 없다. 나는 며칠 동안은
방과 후마다 이들의 대화를 듣는 것도 모자라 기록까지
해야 했다. 그런데도 그것이 싫다는 생각이 들지 않았다.
오히려 반대였다. 하지만 내 염치없는 외로움을 자각하고
싶지 않아서 그 기분을 억눌렀다.

9. 막다른 길을 벗어나는 법

— 진전은 보여?

세월과의 상담이 끝난 직후, 영명은 혜성에게 곧바로
문자를 보냈다. 한동안 답이 오지 않아 꽤 초조해했으나,
며칠을 기다린 끝에 받은 답장은 그에 보답하듯 기대 이
상의 희소식이었다.

— 성공했어.

문자 하나에 답답함이 쑥 내려가는 것만 같았다. 몇 달,
어쩌면 해를 넘겨야 듣겠다고 생각했던 소식이었다. 영명
의 얼굴에 저절로 웃음이 번졌다. 드디어 알아낼 수 있다.
무엇이 성단을 저렇게 만들었는지. 어떤 말을 해 줘야 모
든 걸 완벽히 끝낼 수 있을지.

이제 적절한 때만 찾으면 된다는 생각에 벌써 모든 걸 끝낸 것 같은 성취감이 찾아왔다.

'생각보다 일이 잘 풀렸네. 이제 이 지겨운 짓도 끝이야.'

숨을 돌리려는 찰나, 늦은 저녁인데도 근처 교실이 유난히 시끌벅적했다. 분명 성단의 반이었다. 영명은 익숙한 기척에 혹시나 하면서도 조심스레 교실로 다가갔다. 창문 너머로 보이는 성단은 처음 보는 여학생 옆에서 천을 꿰매는 중이었다.

"손재주 좋네?"

"그래? 이 정도면 평범하다고 생각하는데."

"아니야. 내 거 봐 봐. 그림이랑 바느질 실력은 별개인가 봐."

죽을 생각을 버리기라도 한 걸까. 그러기에는 성단의 입꼬리는 여전히 편히 올라가 있지 못했다. 영명은 재빨리 작은 새의 모습으로 변했다. 그리고 창문 밖을 빠져나가 학교 건물을 빙 돌아 성단의 교실에 달린 창 쪽으로 다가갔다. 성단은 할 일을 다 끝냈는지 어느새 영어 단어장을 읽고 있었다.

'그새 다 끝냈나 보네.'

성단은 역시나 주변의 사담에 끼지 않았다. 다만 웃음소리가 들릴 때마다 시선이 살짝살짝 옮겨 가는 것 같았다. 그렇게 불편한 눈치는 아니었다.

'그러고 보니 민폐 되는 게 싫다고만 했었지.'

성단이 혼자 있는 걸 좋아한다고 말한 적은 없었다. 민폐를 걱정하는 것도 타인을 아끼니 할 수 있는 생각이다.

영명은 누군가가 자신 때문에 받을 피해를 행동의 기준으로 삼아 본 적이 없었다. 그래서 더욱 성단을 이해하기 어려웠다. 성단의 과거는 둘째 치고, 무슨 생각으로 그런 행동을 하는지 도무지 이해가 가지 않았다.

'과거를 모르는데 이걸 어떻게 이해하겠어. 재밌는 애긴 한데, 별로 좋은 상담사는 못 되네.'

* * *

축제 날은 순식간에 다가왔다. 사각거리는 볼펜 소리 대신 의자와 바닥 사이의 마찰음이 곳곳에서 들려왔다. 축제가 시작되기 삼십 분 전, 세월은 국어 선생님에게 받은 물품 목록을 한 번 더 확인했다.

"이 반은 뭘 하길래 커튼이 이렇게 많아?"

혜성은 눈동자를 위로 굴리다가 주워들은 소문을 떠올렸다.

"유령의 집이라던데."

세월은 목록과 커튼을 번갈아 보며 개수가 맞는지 확인했다. 혜성은 확인이 끝난 물품을 한구석으로 옮기고 재빨리 격려를 덧붙였다.

"세월이 네가 맡아 따로 확인해 줘서 이 정도지, 안 그러면 진작 엉망 됐을 거야."

자신이 생각해 낸 배려면서 큰일을 맡긴 것처럼 말하는 혜성이 싫지만은 않았다. 세월은 말짱히 웃는 혜성을 잠깐 빤히 바라봤다. 겉만 보면 정말 완벽한 모범생 그 자체인데, 대체 자신에게 숨기는 비밀이 뭐기에 그렇게까지 당황하고 불안했던 걸까 싶었다.

"궁금하네. 대체 언제쯤 얘기해 줄지."

"뭘?"

"시치미 떼기는. 서영명 피하라고 한 이유 말이야."

당장 말해 주기를 기대하고 한 말은 아니었다. 다만 눈앞의 혜성이 자신에게 휘둘릴 때 당황하는 얼굴을 한 번 더 보고 싶었다.

"당장은 어려워."

"말했잖아. 일단 믿어 본다고. 그냥 궁금해서 그래."

세월은 그리 대답하며 물품 목록을 마저 확인했다. 어떤 대화를 덧붙여야 하나 고민하던 찰나, 바깥이 어느새 어수선해 있었다. 슬슬 부실로 숨어들어야 할 때였다. 혜성은 얼른 들어가 보라며 책상에 있던 종이를 마저 챙겨 세월의 손에 쥐여 주었다.

* * *

유령의 집을 꾸미기 위해 제일 먼저 할 일은 햇살 한 줄기도 들지 않도록 완벽한 암실을 만드는 것이다. 나는 의자에 올라간 채 암막 커튼에 달린 링을 창문 위쪽 커튼 봉에 매달았다. 아니, 정확히는 매달려고 애썼다.

"왜 안 되는 거지?"

저절로 나온 혼잣말을 들은 건지, 뒤에서 누군가의 인기척이 느껴졌다. 곧 며칠 새 익숙해진 유영의 목소리가 뒤편에서 들려왔다.

"뭐가?"

"링이 계속 안 걸리길래."

"나와 봐. 내가 걸어 볼게."

유영은 내가 내려오자마자 의자를 밟고 훌쩍 올라갔다. 유영한테도 어려운지, 링과 커튼 봉이 닿는 소리가 몇 번이고 들려왔다.

"왜 이렇게 고정이 안 돼? 여기 더 힘을 주면……."

말이 끝나기도 전에 금속 떨어지는 소리가 교실 전체에 울렸다. 커튼을 매다는 봉이 떨어졌다는 것을 깨닫는데 채 몇 초가 걸리지 않았다.

나는 황급히 유영을 보았다. 의자 위에서 균형을 잃은 유영의 몸이 뒤쪽으로 기울었다. 손을 뻗을 새도 없이, 유영은 급하게 몸을 뒤틀어 바닥으로 향하던 뒤통수를 겨우 옆으로 돌렸다. 봉이 떨어졌을 때보다 훨씬 둔탁한 소리가 바로 내 앞에서 울렸다. 유영이 몸을 일으키기 힘든지 발목을 붙잡고 앓는 소리를 내자, 교실 반대편에 있던 아이들이 순식간에 몰려왔다.

내 탓이다. 내가 커튼을 걸지 못해서 손도 겨우 닿는 유영이 무리했다. 심지어 넘어지는 유영을 잡지 못해 다리까지 다치게 됐다. 조금 더 빨리 붙잡았더라면, 아니 애초에 내가 능숙했다면 유영이 이런 일을 당할 이유가 없을 텐데.

"유성단!"

뒷걸음치지 못하게 다리를 겨우 바로 세웠다. 어떤 말이 돌아오든 받아 내야 했다.

"무슨 일이야? 어쩌다가……."

"커, 커튼을 걸다 넘어졌어. 내가 받았어야……."

"일단 유영이는 보건실로 데려가자. 유영아, 일어날 수 있겠어?"

유영은 고개를 한번 끄덕이더니 내게 손을 뻗었다.

"잠깐 잡아 줄래? 혼자 일어나기는 조금 버거워서."

"어? 어, 그래!"

나는 아까 미처 뻗지 못한 손을 내밀어 유영을 일으켰다. 유영은 발목 통증 때문에 이따금 얼굴을 찌푸렸다. 지금쯤이면 눈총 받을 때가 됐는데. 분명 그래야 하는데.

"유성단, 넌?"

"응?"

"넌 안 다쳤어? 아까 막대도 같이 떨어졌잖아."

"맞아, 소리 듣고 얼마나 놀랐는데. 부딪힌 곳은 없어?"

제일 가까이에 있던 내가 유영을 잡아 주지 못했음에도, 애들은 물론 다친 유영조차 나를 노려본다거나 책망하지 않았다. 도리어 걱정해 주니 기분이 얼떨떨했다. 내 기분을 읽기라도 한 건지 유영은 부축 받느라 정신 없는 와중에도 계속 말을 걸어왔다.

"왜 이리 미안해해. 사고잖아. 오히려 나 때문에 네가 다칠 뻔한 상황이고."

만약 내가 실수해서 넘어진 거라면 제정신으로 있지도 못했을 것이다. 사고를 막지 못했다는 사실만으로 마음이 이미 버거웠다.

"잡아 주지 못해서……."

"야, 그걸 어떻게 잡아. 운동하는 애들도 분명 놓쳤을 걸? 문제는 그게 아니라……."

유영은 커튼 봉이 걸려 있던 창문 쪽을 빤히 바라보았다. 암막 커튼으로 창문을 전부 가려야 하는데 봉이 떨어진 이상 커튼을 고정할 방법이 없었다.

"넌 일단 보건실로 가."

"하지만 한 시간 후면 축제 시작이야. 나 혼자 보건실에 갈 수는 없어."

"그동안 고생 많이 했잖아. 한 시간 정도는 다른 애들한 테 맡겨."

유영이 교실을 나간 후에야 상황이 온전히 눈에 들어 왔다. 어둡지 않은 유령의 집이라니. 격벽으로 만든 미로 도 나름 준비한 조명과 소품도, 밝은 빛 아래에서는 쓸모 가 없었다.

'설마 내가 주변을 깜깜하게 만들려고 고민하는 날이 올 줄이야.'

어두운 곳을 피한 적은 있어도, 일부러 공간을 어둡게 만든 적은 없었다. 어릴 적에는 부모님 몰래 방에 불을 켠 채로 잠들기도 했다. 그러나 내가 어두운 것보다 더 견딜 수 없었던 것은 어떻게든 틈새로 새어 드는 빛줄기였다. 가로등 불빛을 닮아 가늘고 곧은 직선이 방문을 틀어막고 커튼을 쳐도 결국에는 새어 들어왔다. 어쩔 수 없이 불을 꺼야 했을 때, 나는 침대를 전부 덮고도 남는 커다란 이불 을……

"이 격벽 말인데, 위에 뭐가 올라가면 무너질까? 천 같은 거 말이야."

"그렇게 안정적이지는 않을 거야. 뭔가 더 지지해 줄 만
한 게 있으면 모를까."

머릿속 전체가 새까맣다. 그 탓에 당장 내가 해결해야
할 일 하나만 선명히 빛난다. 사람 키 정도의 기둥 역할을
해 줄 물건을 구할 수 있을까? 다른 반도 그런 게 있을지
확실치 않았다.

그때 교탁 위에 올려져 있던 회의 기록이 눈에 띄었다.
회의 기록 앞쪽에는 찢어진 노트 낱장이 붙어 있었다. 처
음 회의했을 때 내가 정리한 것이었다. 사소한 사담마저
간단하게 적혀 있었다.

　　다른 반에서 연극을 진행할 예정. 방송부장이 있는 덕에
방송부 장비는 거기서 사용.

"나 잠깐 어디 좀 다녀올게."

"뭐? 시간 얼마나 남았다고."

"십 분 안에 다녀올게. 생각대로만 되면 문제없을 거
야."

나는 옆에 있던 반 친구와 연극을 한다던 반으로 찾아 갔다. 방송부장의 목소리는 종종 들리던 방송 덕에 익숙 했다. 목소리가 아니어도 조명용 삼각대를 매만지는 자세 를 보니 곧바로 감이 왔다.

"저기, 잠깐 시간 괜찮을까?"

평소라면 처음 보는 사람에게 말을 거는 것조차 용기 가 필요했을 텐데, 넘어진 유영의 모습이 아른거린 뒤로 망설일 여유가 없었다.

"무슨 일인데? 내가 지금 바빠서 오래 얘기하진 못할 것 같은데."

"혹시 너희 반에 남는 삼각대를 빌릴 수 있을까?"

"삼각대? 많이 남진 않을 것 같은데…… 얼마나 필요한 데?"

"많을수록 좋긴 해."

같이 온 친구의 눈꺼풀이 살짝 더 들렸다. 내가 뭘 하려 는지 눈치챈 듯 내 말에 얼른 설명을 덧붙였다.

"튼튼하고 높으면 더 좋고!"

"서너 개 정도는 아직 방송실에 있을 텐데, 다 빌려주기 는 좀 그래. 축제 중간에도 방송해야 하니까."

아까 회의 기록을 본 후로, 첫 회의의 기억이 조금 더 선명해졌다. 나는 문득 그때 당시 불만을 터뜨리던 누군가의 말을 떠올렸다.

"그럼 방송부 담당 선생님한테 찾아가 볼게. 재고가 얼마나 남았는지 알려면 그편이 정확하겠네."

"응?"

"정식으로 요청하면 알려 주시겠지. 설마 삼각대 전부를 너희 반에 대여해 주시지는 않았을 거잖아."

방송부장의 표정이 살짝 굳었다. 생각보다 많은 삼각대 수에 혹시나 했는데, 역시 선생님께 허가 없이 빌려 온 건가 싶었다.

'물론 평소에도 동아리 물품은 선생님 대신 부장이 관리하는 게 관행이긴 하지만, 이 교실에 있는 수를 보니 정도가 심하긴 하네.'

나는 아무것도 모른다는 듯 최대한 미소 지으며 말을 이었다.

"이렇게 많이 빌려주신 걸 보니 재고가 서너 개밖에 없진 않을 것 같은데? 내가 선생님을 따로 찾아가 볼게. 알려 줘서 고마워."

방송부장의 얼굴이 서서히 일그러졌다. 거의 다 넘어왔다는 생각에 안도감이 느껴졌다.

"야, 잠깐만!"

"응?"

"우리 교실이 그렇게 넓진 않아서 마이크 스탠드는 필요 없을 것 같거든? 저거 빌려줄게."

"그렇게 해 준다면 고마운데, 정말 괜찮아?"

"그, 그럼!"

생각보다 일이 쉽게 풀린 덕에 나는 마이크 스탠드를 한 아름 받아 반으로 돌아왔다. 다른 애들이 뭐라 반응하기도 전에, 나는 분필을 들고 칠판에 교실 구조를 간략히 그렸다.

"암막 커튼을 걸 수 없다면 거대한 텐트 지붕처럼 사용하면 어떨까?"

교실 위에 미로를 그리고, 미로 바깥쪽과 안쪽 곳곳에 X 자를 쳤다. 마이크 스탠드를 놓을 위치였다.

"중간에 미로 벽이 있으니까 커튼 여러 개를 겹쳐 덮을 수 있을 거야. 무게는 마이크 스탠드가 어느 정도 지지해 줄 거고, 커튼 아래를 잘 고정하면 아래쪽에서 빛이 새는 일도 없을⋯⋯."

거기까지 말했을 때, 나는 주변의 정적을 눈치챘다. 그러고 보니 별 상황 설명도 없이 마이크 스탠드를 들고 와서 내 이야기만 지껄이고 있었다. 지금 내가 얼마나 다급했는지 그제야 실감이 됐다.

"사, 상황 설명도 없이 일방적으로 내 얘기만 했네. 미안⋯⋯."

"어떻게 빌려 온 거야? 방송부장이 연극에 쓰느라 장비란 장비는 싹 다 긁어모았다고 그러던데?"

남한테 폐를 끼치는 것은 내가 극도로 꺼리는 일이었다. 아무리 방송부장이 편법을 쓰려고 했어도, 잠깐이나마 내가 누군가를 적대하는 마음으로 말을 꺼냈다는 것이 믿기지 않았다. 나를 도우려던 유영의 걱정을 덜어 주고 싶다는 마음이 내 눈을 가렸다.

"어쩌다 보니 그렇게 됐어."

별다른 방도가 없었기에 반 아이들은 일단 내가 말한 대로 마이크 스탠드를 교실 곳곳에 두었다. 그 이후의 일은 막힘 없이 흘러갔다. 중간중간 암막 커튼이 떨어져 마이크 스탠드의 위치를 바꿔야 했던 것이 그나마 제일 큰

고난이었다. 축제 시작이 이십여 분 남았을 때, 비로소 미로 전체를 감싸는 거대한 텐트가 완성됐다.

"생각보다 훨씬 깜깜하네. 이 정도면 충분하겠는데?"

나는 뒤늦게야 보건실에서 초조해하고 있을 유영을 떠올렸다. 순간 내가 도움이 됐다는 생각에 미처 알아채지 못한 뿌듯함이 찾아왔다. 유영에게 지금 상황을 말해 주면 조금이나마 안심하지 않을까.

"잠깐 나갔다 올게"

"축제 시작하기 전에는 와야 해."

"응. 금방 올게."

이십 분 정도면 잠깐 이야기할 수 있겠다 싶어 급하게 교실을 나섰다. 조금만 더 침착했다면 나오기 전에 복도를 둘러봤을 것이다.

교실 밖으로 나온 그때였다.

"성단아!"

다정한 음성이 목을 콱 조여 왔다. 몇 번이고 피하고 외면하려 했던 목소리였다. 굳어진 고개를 억지로 돌려 목소리가 들려온 곳을 돌아봤다.

"엄마."

"담임 선생님이 반에 있을 거라셔서 와 봤는데, 어디 가는 길이니?

고작 이 정도 일에 휘둘려서 아침에 누가 학교로 오는지조차 잊어버렸다.

"어디 아픈 곳은 없고?"

어머니는 빨라진 구두 굽 소리와 함께 내 앞으로 다가오고 있었다.

"엄마랑 얘기 좀 하자. 너 학기 시작한 뒤로 한 번도 집에 온 적이 없잖아. 연락도 잘 안 돼서 엄마가 얼마나 걱정했는데."

마주하게 될 거라고 충분히 예상했다. 그래도 이렇게 여전하다는 것을 확인하고 싶지는 않았다. 여전히 상냥하고 꿈결 같은 목소리다. 방학 내내 공부를 핑계로 잘 때 말고는 집에 들어간 적이 없었다. 직접 얼굴을 마주하고 싶지 않아서, 죽어서라도 벗어나고 싶은 울렁임을 피하기 위해서였다.

"내, 내가 이따 보러 갈게. 그러니까 지금은……."

그 순간 누군가 내 손목을 잡아챈 탓에 말을 끝맺지 못했다. 그러나 그 손이 이끈 방향은 어머니 쪽이 아닌 반대

편이었다. 손목이 저릴 정도로 강한 악력인데도 도리어 숨구멍이 뚫리는 기분이었다. 나는 그 손을 거부하지 않고 그대로 이끌려 갔다. 순식간에 시야에서 어머니가 사라지고, 대신 내 시야를 채운 것은 영명의 뒷모습이었다.

* * *

불과 몇 분 전까지만 해도 영명은 마음대로 굴러가지 않는 상황에 불만을 품었다. 원래대로라면 혼자 다닐 성단을 중간에 잡아채 속마음을 털어놓을 때까지 같이 축제를 구경할 생각이었다. 그런데 성단은 반 친구까지 끌고 다니며 유령의 집을 꾸미느라 정신이 없었다.

계획이 어그러질 때마다 원하는 결과가 나오지 않으리라는 불안이 영명의 목을 조여 왔다. 그러다 이제는 하다 하다 성단의 어머니까지 나타나 자신의 계획을 방해하나 싶었다. 분명 그랬는데, 공포에 질린 성단의 얼굴을 보자 모든 것이 바뀌었다. 지금이다. 모든 것을 파헤칠 가장 적절한 때가. 성단이 어머니에게 붙잡히기 전에 영명은 성단의 손목을 잡아채 복도로 달려 나갔다.

"할 일 없지? 나랑 산책이나 좀 하자. 밤은 아니지만."

영명은 성단을 데리고 위층으로 향했다. 인적이 드문 곳까지 달리다 보니, 둘은 어느새 옥상과 5층을 잇는 계단까지 도달했다.

"일단은 여기서 좀 쉬자. 너 상태는……."

한참 뛰느라 힘들었을 텐데 성단의 숨은 거의 멎다시피 조용했다.

"그래, 좋지는 않나 보네."

성단이 계단에 걸터앉자, 영명은 그 옆에 털썩 주저앉아 성단이 입을 열기를 기다렸다. 이제 괜찮아, 근데 여기도 찾아오면 어떡하지. 그런 말이 나오면 다시 자리를 옮길 생각이었다. 그러나 성단의 대답은 영명의 예상과는 완전히 동떨어졌다.

"이미 죽은 사람에게도 서명을 받을 수 있어?"

지금까지 써 온 동의서만 수십 개다. 별별 이유를 다 봐 왔지만, 영명에게 이런 질문을 한 사람은 처음이었다.

"그래, 영혼이나 유령 같은 건 없어? 너희 같은 존재도 있는데 그런 것도 당연히 있을 거 아냐."

이 질문은 익숙했다. 영명의 정체를 알아챈 인간들이

종종 하는 질문이었다. 당연히 영명은 그 질문에 답을 준 적이 없었다.

"그럼 들려줘 봐."

이번에도 예외는 아니었으나, 대답하지 못할 질문이라도 미끼로 쓸 수 있다면 충분히 이용할 용의가 있었다.

"죽은 이의 서명까지 받아야 할 정도면 충분히 설득력 있는 이유를 찾은 거겠지?"

"정말로 받을 수 있는 거야?"

"이렇게 하자. 내가 인정할 수 있는 이유면, 서명 없이 받아들일게. 그러니 네가 죽어야 할 이유가 뭔지 들려줘. 뭐가 널 그렇게 만들었는지 말이야."

영명은 새어 나오는 웃음을 삼키며 자신을 똑바로 보면서 조언하던 세월의 모습을 떠올렸다.

관찰은 무슨. 일상이 무슨 단서가 된다고. 과거만 알아내면 전부 끝날 것을, 뭐 하러 쓸데없는 말을 해서 마음을 흐려 놓는지.

영명이 자만을 즐기는 사이, 성단은 두 주먹을 쥔 채 숨겨 왔던 과거를 꺼냈다.

10. 반쪽짜리 비밀

　우리 가족은 늘 형을 중심으로 굴러갔다. 누구에게나 친절하고, 고등학생 내내 전교 1등을 놓친 적 없는 형은 가족의 주인공이 되기에 충분했다. 내가 겨우 초등학생이 됐을 때, 형은 존재만으로 집안의 상전이라는 고등학교 3학년이었다. 그 한 해 동안 나는 당연하다는 듯 형 몫의 잡일을 대신 했다. 평소라면 형이 했을 심부름이나 사소한 집안일을 하면서도 크게 불만을 가진 적은 없었다. 형은 내게도 빛나는 존재였으니까.

　그 동경이 사라지지는 않았어도 사그라든 적은 종종 있었다. 부모님이 형의 모의고사를 신경 쓰느라 내가 수학여행을 갔다는 사실조차 잊고 왜 집에 들어오지 않느냐며 연락했을 때. 심한 몸살에 걸렸는데도 학원에 형을 데리러 가야 한다며 나를 혼자 두고 나갔을 때. 그래도 형을 원망할 수는 없었다. 형은 나에게 한 번도 모질게 대한 적이 없고, 부모님은 사랑할 수밖에 없는 형을 마음 가는 대로 사랑했을 뿐이다.

그날도 여느 때와 비슷했다. 수능이 얼마 남지 않았던 어느 가을날이었다. 무슨 심부름이었는지는 잘 기억나지 않지만 늦은 밤이라 혼자 나가기 무섭다고 내가 소리 질렀다는 것은 기억난다. 그게 형의 방까지 닿았는지, 형은 산책 겸 같이 다녀오자며 내 손을 잡고 밖으로 나섰다. 형과 같이 밖으로 나가는 게 오랜만이라서 그랬는지, 아니면 낯선 밤공기에 신이 났는지 나는 발걸음이 가벼웠다. 집 근처에 인도가 없으니 조심히 다니라는 부모님의 당부마저 잊을 정도로.

발끝은 도로의 가장자리에서 멀어지고, 가로등 불빛으로 채워진 길 위로 활달한 아이의 그림자와 그 뒤를 쫓는 기다란 그림자가 드리웠다. 조심 좀 하라는 목소리가 들리는데도 나는 형 손을 놓은 채 들뜬 발걸음으로 밤거리를 활보했다. 가로등보다 훨씬 쨍한 빛이 성큼 다가오기 전까지.

자동차의 헤드라이트는 굉음에 가까운 경적과 함께 어둠을 파도처럼 쓸어 냈다. 큰 그림자는 온몸을 던져 작은 그림자를 도로 가장자리로 밀어냈다. 그 뒤의 일은 잘 기억나지 않는다. 나는 차마 쓰러진 형의 모습을 두 눈에 담지 못했다.

형의 장례식은 그다음 날 바로 열렸다. 장례식장은 열아홉 살이라는 어린 나이에도 형을 찾아온 조문객으로 넘쳐 났다. 형의 친구들은 수능을 앞두고도 하나같이 몰려와 온종일 형을 추모했다. 학교 후배들은 아예 떼를 지어 찾아오기까지 했다. 집안 친척들은 상주인 아버지에게 다가가 껴안다시피 둘러싸고 위로를 건넸다. 나는 어머니의 부탁대로 상주 자리에서 조금 떨어진 곳에 홀로 앉아 있었다. 그때 어머니 말을 더 잘 들었더라면. 사람들 말에 귀 기울이지 않았다면. 아니, 차라리 장례식에 오지 않았다면 지금 내가 이 지경이 되지는 않았을 텐데.

"아이고, 어쩌다 그랬대. 하필 첫째가……."

"목소리 낮춰요! 가족이 들으면 어쩌려고 그래요?"

"아니, 내가 괜히 이래? 안타까워서 그렇지. 어릴 때부터 부모 속 한번 썩인 적 없던 애잖아. 집안사람들이 얼마나 부러워했는데. 듣자 하니, 둘째 구하려다 그렇게……."

"제발 그만 좀 해요! 여기 우리밖에 없는 줄 알아요?"

부모님은 듣지 못한 건지, 아니면 무시하는 건지는 몰라도 그런 말에 아무런 대꾸도 하지 않았다. 말리던 사람도 조용히 하라고만 할 뿐 그 말이 틀렸다고 지적하지는 않았다. 마치 모두가 꼭꼭 숨겨 온 진실인 것처럼 느껴졌다. 장례식장을 가득 채우며 형의 인생이 얼마나 완벽했는지 말해 주는 사람들이 전부 그렇게 생각하고 있다면? 그 생각에 모든 시선이 오직 나를 향하는 것 같아 온몸에 소름이 돋았다.

사람들과 거리를 두기 시작한 것은 그쯤부터였다. 그래도 집에 있는 동안은 그나마 마음이 편했다. 어머니는 슬픔으로 밤을 지새우면서도 꾸준히 나를 챙겨 주었고, 아버지도 내 앞에서는 슬픈 내색을 하지 않으려 노력했다. 모든 것이 천천히 괜찮아지는 줄 알았다. 유난히 잠이 오지 않던 날, 목이 말라 거실로 나와 어머니와 마주치기 전까지는.

"우리 아들, 불쌍해서 어째. 살아 있었으면 벌써 대학생

일 텐데⋯⋯."

형이 살아 있었더라면. 어머니는 끝내 보지 못한, 자신이 상상한 형의 미래를 끝없이 중얼거렸다. 그 모습을 계속 바라보는 것이 두려워, 나는 천천히 뒷걸음질로 어머니에게서 멀어졌다. 그런데도 도무지 시선을 뗄 수가 없었다. 죽은 형이 같이 찍힌 가족사진을 꼭 끌어안은 모습이 애처롭다 못해 나를 괴롭게 했다. 계속 슬퍼하고 있었다는 것은 가끔 들려오는 울음소리로 알 수 있었지만, 직접 보니 전혀 다르게 느껴졌다.

어머니는 어느 순간부터 낮에도 비슷한 행동을 반복했다. 대학 등록금은 어떻게 해야 할지 고민이라며 한탄하더니, 형이 지망하던 학교의 입시 제도를 찾아보기도 했다. 아버지는 그런 어머니를 말리는 대신 맞장구를 치며 달랬다. 어쩌면 아버지도 비슷한 마음이었을지 모르겠다. 그래도 하나는 명확했다. 나는 어머니의 슬픔을 달랠 수 없었다. 어머니에게 나는 위로가 아닌, 형을 잃은 슬픔을 맘껏 드러내지 못하게 하는 짐일 뿐이었다.

* * *

모든 과거를 말해 줄 여유가 없어서 어떤 장면은 한 줄로, 더한 것은 한마디로 줄여 가며 겨우 말을 이었다. 그러고 나니 기나긴 과거라고 생각했던 시간이 고작 몇 분 속에 담겼다.

"형은 분명 날 원망하고 있을 거야."

형의 유령이 있다면 빛날 미래를 내버려 두고 나를 구한 것을 분명히 후회하고 있을 터였다. 그렇지 않으리라 상상하기가 더 힘들었다.

"내가 형을 죽인 거나 마찬가지니까. 난 가족을 전부 괴롭게 만들었어. 가장 가까운 사람들에게 상처를 입혔다고."

영명이 어떻게 나올지 궁금했다. 죽은 사람과 소통하는 방법이라도 알려 주려나. 아니면 그럴 수 있겠다며 서명을 면제해 줄까. 아니면 이것조차도 이유는 될 수 없다며 부탁을 거절할까.

"그게 정말 다야?"

정말 다냐니, 그게 대답인가 싶어 화가 왈칵 치솟았다. 그러나 영명의 눈을 마주한 순간 나는 영명이 웃을 때보다 아무런 표정도 짓고 있지 않을 때가 훨씬 무섭다는 것을 깨달았다. 정확히는 표정 없이 굳어 버린 것 같았다.

"그래서, 네가 형을 부모님에게서 빼앗아 갔으니 그 죗값을 죽음으로 치르겠다고?"

마디마디가 살아 있듯 선명했다. 말투가 격해진 것도 아닌데 어쩐지 목소리가 평소와는 다르게 느껴졌다.

"죗값은 살아서 치르는 거지, 죽어서는 아무것도 못 해. 서명도 빚을 갚는 것도."

영명의 입가에 다시 웃음기가 서렸다. 평소에 보던 얼굴 그대로였다.

"참 이상하단 말이야. 문서호 때도 그렇고 이 일도 딱히 네가 의도해서 생긴 일은 아니잖아, 그치?"

나름 위로인가 싶은 말에도 마음이 편해지지 않았다. 그저 따갑게만 느껴지는 말이 내 마음을 파헤치듯 계속해서 나를 찔러 댔다.

"내가 보기에 넌 꼭 자신을 원망하지 못해 안달이 난 것 같단 말이지."

대답하고 싶어도 나조차 내가 이러는 이유를 몰랐다. 왜 나는 모든 게 내 탓만 같을까. 나는 끝내 영명의 말에 대답하지 못했다.

왜 영명은 화가 난 걸까. 어차피 내 수명을 원하는 거면서. 아, 동의서에 빨리 서명 받아야 하는데 내가 앞뒤가 맞지 않는 이야기만 하고 있으니까? 그렇게 생각하면 말이 되는 것 같기도 했다.

"역시 도움을 받아야 하나."

영명은 뜻 모를 말을 중얼거리더니 휙 돌아서 떠나갔다. 날개를 펼치지도 않았는데, 너무나 순식간에 사라져 뒷모습조차 눈으로 쫓지 못했다.

* * *

교실로 돌아왔을 때는 축제가 막 시작할 참이었다. 문을 열고 들어가자마자 발목에 압박붕대를 감은 유영이 나를 반겼다.

"어디 다녀오는 길이야?"

"응, 잠깐. 발목은?"

"인대만 좀 늘어났어. 이따 저녁에 병원 가기로 했고."

축제를 제대로 즐기지 못할 것이 뻔한데도, 그늘 하나 없는 유영의 웃음이 나를 달랬다. 유영은 걸을 수는 있다며 너무 신경 쓰지 말라고 도리어 나를 위로했다.

"애들한테 들었어. 너 아니었으면 큰일 날 뻔했다고. 많이 걱정했는데, 고마워."

"아냐. 내가 아니었어도……."

"그렇지만 네가 했잖아, 그치?"

따뜻한 말을 들어도 나는 왜 그 온기를 온전히 받아들이지 못하는 걸까. 내게 비슷한 말을 하던 사람을 다치게 한 적이 있어서인지, 이제는 저절로 가시가 돋쳐졌다. 하지만 유영의 미소까지 외면하고 싶지는 않았다.

"유성단, 누가 너 찾는데?"

"누가?"

설마 어머니가 다시 찾아온 걸까. 잠깐 교실만 들르고 어딘가에 박혀 있을 생각이었는데, 교실조차 들르지 말아야 했나.

현기증이 다시 몰려오려던 그때, 반가운 얼굴이 교실 문 너머로 보였다.

"문서호?"

"나 왔어. 혹시 지금 바빠?"

맞다. 내가 초대했지. 정신이 없어 잊고 있었다.

"조금. 그래도 너랑 같이 한두 군데 정도 다닐 시간은 있어."

"그래? 그럼 여기부터 돌아볼래. 나도 오늘 오후에는 학원 가야 해서 어차피 오래는 못 있거든."

내가 불편하지 않도록 일부러 하는 말이 분명했다. 나처럼 미숙한 사람에게 좋은 사람이 다가오는 이유가 무엇일지 떠올려 봤다. 답은 알 수 없지만, 내 옆에 있어도 나때문에 상처 입지는 않을 것 같은 누군가가 머릿속에서 맴돌았다. 내게 조금도 의미를 두지 않을 것 같아서 더욱 특별한 누군가. 내 기억도 수명도 전부 지우고 나면 나를 잊겠지.

"좋아. 마침 지금부터 자유 시간이거든."

눈앞에 있는 서호가 혹여 나 때문에 다시 상처받지는 않을지 걱정됐다. 분명 영명이 두렵다고 생각했는데, 지금은 오히려 영명의 옆이 편할 것 같았다.

서호가 소중하지 않아서 그런 것은 아니었다. 두 사람이 내게 어떤 의미인지가 다를 뿐이었다.

"초대해 줘서 고마워."

"아냐. 찾아와 줘서 더 고맙지. 요즘은 어떻게 지내?"

"요즘?"

아니다. 이것도 궁금하지만 정말 묻고 싶었던 것은 따로 있었다. 나는 황급히 질문을 바꿨다.

"그동안 어떻게 지냈어?"

서호는 답을 내놓는 대신 내 눈치를 살폈다. 나는 최대한 서호를 안심시키려 애써 미소를 지었다. 그게 효과가 있었는지, 서호의 입이 천천히 열렸다.

"네가 떠난 후의 일을 말하는 거야?"

내가 고개를 끄덕여 보이자, 서호는 호흡을 몇 번 깊게 내쉬었다. 숨소리가 다시 고르게 변할 즈음 서호의 입에서 이야기가 시작됐다.

"네게 그런 말을 하고서 한동안 난 정신을 차리지 못했어. 네가 고자질했다는 걸 그 애들에게 알려 준다면 괴롭힘이 끝나지 않을까란 생각도 했지."

그다음 말을 잇는 내내 서호는 나와 눈을 마주치지 못했다.

"그러면 화살이 너한테 돌아갈 걸 뻔히 알면서도 말이야."

미안해하지 않아도 된다고 말하려 했다. 그런데 서호

는 끝내 시선을 내게 돌리지 않고 고해하듯 과거를 계속 읊었다.

"정말 말하려고 했는데, 말이 나오려는 순간 문득 깨달았어. 난 단 한 번도 그 애들의 선 넘는 부탁을 거절한 적이 없더라고. 잠깐만 참으면 금방 넘어갈 수 있다고 생각했으니까."

그때의 서호는 보는 사람이 답답할 정도로 마음이 여렸다. 당시에는 마냥 착해서라고 생각했는데, 지금 생각하면 어이없었다.

"웃긴 생각이지. 그런 부탁을 들어줘야 한다는 것 자체가 이미 한참 잘못됐다는 건데."

서호는 그랬을 수밖에 없었을 것이다. 그게 뒤늦게 내가 깨달은 사실이다.

"너도 알다시피 난 금방 전학 갔어. 더 버틸 재간이 없었거든. 다행히 전학 간 학교에서는 그런 애들을 만나지 않았어."

그 말에 안심한 것도 잠깐이었다. 서호의 표정은 여전히 어두웠다. 아직 더한 게 남기라도 했다는 듯이.

"그런데 매일 똑같은 꿈을 꿨어. 그 애들이 나를 정문에

서 기다리고, 괴롭힘이 끝나지 않는 악몽을 말이야."

"뭐?"

"괜찮아. 지금은 아예 안 꿔. 일 년 정도였나, 심리 상담을 꾸준히 받았어. 괴로운 건 여전하지만 적어도 그런 꿈은 꾸지 않게 되더라고."

걱정할 틈도 없이 서호는 한 번 더 나를 놀라게 했다.

"대신 네가 나왔어. 그 애들이 사라진 꿈속에."

"내가?"

"그 애들 말고 네가 정문에 서 있었어. 발이 저절로 움직이더라. 뭘 말하고 싶은지 생각해 보지도 않았는데, 말이 입에서 금방이라도 튀어나올 것처럼 부글거렸어. 몇 번이고 반복한 뒤에야 깨달았지."

서호는 나지막이 마지막 마디를 내뱉고 그다음 말을 잇기 전에 한참을 뜸 들였다.

"내가 그때 왜 네 얘기를 꺼내지 않았는지."

두 손에 꽉 들어가 있던 힘이 천천히 풀렸다.

"너한테는 널 만난 걸 후회한다고 말했지만, 내가 정말로 후회해야 할 건 네게 한 말이었어."

저번에 내게 했던 사과와 똑같은 내용이었는데 전혀

다르게 들렸다. 그때는 나를 달래기 위해 아무렇게나 뱉은 말일지 모른다고 생각했다. 서호는 지나치리만큼 상냥한 사람이니까. 서호가 내게 화살을 돌리고 싶었다고 말했을 때도 나는 배신감이 들기는커녕 나를 위해 마냥 희생할 사람이 아니었음에 안심했다.

"그래서 학교는 내게 늘 죄책감이 드는 공간이었어. 그런 곳에서 생활할 자신이 없더라고. 의사 선생님도 내가 고등학교에 바로 진학하는 건 반대하셨어. 그래도 다녀는 보고 싶어서 입학했는데, 얼마 지나지 않아 바로 자퇴했지."

나를 향한 죄책감이 자퇴의 이유라는 말에, 도무지 진정이 되지 않았다. 다리가 제멋대로 떨려서 멀쩡히 걷기도 힘들었다.

"그날 이후로 매일 새로움의 연속이었어."

서호의 입꼬리가 살짝 올라갔다. 여전히 떨리는 내 다리와 달리, 그 미소는 말하는 내내 한결같았다. 처음으로 머리를 염색한 날, 홀로 다녀온 당일치기 여행, 가 보고 싶은 대학교를 한 바퀴 돌고 왔던 때. 그런 일들을 나열하는 내내 서호의 목소리는 붕붕 떠다녔다.

"언젠가부터 내일이 두렵기보다는 기대가 됐어."

아직 이야기가 끝나지 않은 것을 아는데도, 나도 모르게 답을 기대하지 않았을 말에 대꾸했다.

"다행이다."

대화는 아주 잠깐 멈췄다가 다시 흘렀다. 정적이 무색하게 서호의 목소리는 여전히 다정다감했다.

"난 네가 생각하는 것보다도 훨씬 행복한 나날을 보내고 있어. 그 애들이 날 괴롭혔던 일도 내가 너한테 미안해한다는 사실도, 날 불행하게 만들지는 못했어."

내가 서호를 만나고 싶었던 이유는 부모님에게서 숨기 위해서도 그냥 얼굴 한번 보고 싶어서도 아니었다. 진작 만나지 못한 내가 원망스러웠다.

"그러니까 네가 죄책감 가질 필요 없어."

내가 뭐 때문에 불안해하는지는 모를 텐데, 내 불안은 어떻게 눈치챘는지 이렇게 필요한 말만 골라 하는 걸까. 서호를 다시 만나는 게 염치없다고 생각했으면서, 정작 힘들 때 서호에게서 위로받는 내가 너무 싫어진다. 왜 나는 서호가 내 계획을 알아도 여전히 웃으리라 믿고 싶은 걸까. 내가 죽으면 분명 서호가 슬퍼할 걸 알면서도.

* * *

학교는 저녁까지도 분주했다. 혜성은 축제 도중 세월을 종종 찾아가 상태를 살폈다. 내내 부실에 있어 갑갑할 만한데도 그런 티는 전혀 나지 않았다.

"날 찾는 사람은 없었어?"

세월의 걱정과 달리, 학부모 중 세월을 찾는 사람은 없었다. 보통 축제까지 왔다면 얼굴 한 번은 보고 싶어 할 텐데 말이다.

"없었어. 다행인지는 모르겠지만."

"다행 맞아. 덕분에 얼굴 볼 일은 없었잖아."

이런 상황이 익숙하다는 듯 넘기는 모습에 혜성은 저절로 목이 메었다. 위로를 건네고 싶어도 할 말이 전혀 떠오르지 않았다. 차라리 소원을 데리고 와야 했나 싶었다.

"그렇게 안쓰러워하지 않아도 되는데."

"티 나?"

"아니, 그냥 상상해 본 거야. 이런 말 들으면 보통 어떻게 반응할지. 소원이도 그럴까 봐 아직 말을 못 했어."

세월은 보던 종이를 내려놓고 자리에서 일어서서 혜성

에게 천천히 다가갔다.

"근데 참 신기해. 이상하게 네가 당황하는 얼굴을 지으면 더 보고 싶다는 생각이 들어."

"그거 진짜 이상한 취향이네."

"그치. 나도 신기해. 왜 안심이 되는지 모르겠어."

유래 모를 감정이 정처 없이 세월의 마음을 떠도는 때가 점점 잦아졌다. 혜성이 옆에 있을 때 더더욱 그랬다.

"네가 안쓰러워서 다행이라는 생각도 들어. 네가 그럴 일이 아닌데도 말이야."

그게 대체 무슨 의미인지는 세월 본인도 도무지 알 수 없었다.

"어쩌면 비슷한 사람을 알아본 건지도 모르지. 내가 워낙 감정에 무딘 편이니까. 타고나길 그랬어. 다른 사람이 슬퍼해도 이유를 잘 모르겠고, 웃을 때 같이 못 웃고."

"전혀 몰랐네."

"아, 이 학교를 오고 나서는 많이 바뀌었어. 다른 애들 상담을 해 주면서 바뀐 건가 싶기도 해. 어쩌다 고민 상담부를 시작하게 됐는지는 잘 기억나지 않지만."

혜성은 괴물인 모습으로 세월을 마주했던 첫 만남을

떠올렸다. 그리고 자신이 먹은 세월의 기억 속 자신을 보았다. 어떻게 괴물에게 그렇게 담대한 제안을 했을까.

"그러니까, 네가 보기엔 괜찮아 보일지 몰라도 예전의 나는 정말 누구나 질릴 정도로 냉정하기만 한 사람이었어. 부모님마저 외면할 정도로 말이야."

전혀 질리지 않았다. 공감하지 못하면서도 이해하려 노력하는 모습이, 정작 누구보다 감정을 소중히 여기고 좇는 모습이 여전히 선명했다.

"그래서야, 내가 부모님과 사이가 안 좋은 건."

형식적인 위로는 내뱉으니만 못했다. 목 끝까지 차올라 온몸을 달구는 말이 시시각각 떠오르고 부풀어 올랐다. 전부 부정해 주고 싶었다. 네가 죄책감을 가질 필요가 없다고, 너는 변하려고 누구보다 노력했다고 말하고 싶었다. 그다음 말을 듣기 전까지는.

"서영명 말인데."

"어?"

"걔는 나보다 더 이상해. 다른 사람의 반응을 따라 하려는 노력조차 보이지 않아. 걔 앞에 있으면 잠깐이나마 내가 생각보다 정상이구나, 하는 착각마저 든다니까."

자기가 뻔뻔한 줄도 모를 만큼 뻔뻔한, 그 모습이 제일 자연스러운 사람. 그게 세월이 보는 영명이었다.

"대체 무슨 일을 겪으면 평범해 보이려는 척도 하지 않는 건지."

정체가 대체 뭐기에 그렇게 행동할 수 있는 걸까, 하고 세월은 뒷말을 이으려 했다. 그러나 자신의 말에 고개를 돌리는 혜성을 보고 말을 꺼내지 못했다.

혜성에게 한 말도 아니었는데 혜성은 왜 자신과 상관없는 이런 말에 시선을 피하는 걸까. 마치 찔리는 구석이라도 있는 것처럼.

* * *

축제가 끝난 주말은 학교에 남아 있는 학생이 손에 꼽히는 날이었다. 그런데도 혜성은 혹시나 누가 볼까 영명을 기숙사 뒤편으로 불러냈다. 영명이 인사를 건네기도 전에, 혜성은 본론을 덜컥 들이밀었다.

"넌 네가 먹었던 수명을 다시 돌려준 적 없어?"

수백 년을 산 영명이라면 별일을 다 겪었을 테니 자신

이 원하는 대답을 알고 있을지도 모른다고 여겼다. 그러나 영명은 당연한 걸 묻느냐는 듯 코웃음을 쳤다.

"이미 먹은 걸 돌려줄 수는 없지."

"그런 게 있다고 들은 적은?"

"없어. 확실해. 방법이 있다면 내가 모를 리 없어."

어떻게 저리 자신만만하게 말할 수 있을까. 마치 이미 알아본 것처럼. 저 정도로 확신하려면 단순한 흥미로 찾아본 것은 아닐 터였다. 혜성은 겨우 호기심을 누르고 영명이 용건을 꺼낼 때까지 기다렸다.

"그건 그렇고, 네 도움 좀 받자. 역시 네가 아니면 알아내기 어려울 것 같거든."

"기억을 봐 달라는 거야?"

"응. 아직 단서가 모자라. 맥락은 조금 이해가 가지만, 이 정도로 극단적인 것까지는 설명이 안 돼."

영명의 말이 조금씩 빨라졌다. 여유가 없는 건지, 눈동자도 그 속도를 따라 이리저리 움직였다.

"기억 읽는 방법을 알려 준 건 고마워. 근데 그건 못 도와주겠다."

"말이 다르지 않나?"

"먹지만 않으면 된다고 생각했는데, 내 착각이었어. 엿보는 것만으로도 충분히 잘못인데."

소원의 말을 듣기 전까지 혜성을 통제하고 있던 것은 사람들에게서 소중한 기억을 빼앗았다는 죄책감이었다. 적어도 혜성은 그렇게 생각했다. 영명의 한쪽 눈썹이 경사를 그리며 비틀어졌다.

"잘못?"

"잘못이지. 남의 과거를 함부로……."

"네가 정말 죄책감을 느꼈다면 기억을 엿보려는 시도 자체를 하지 않았겠지."

혜성의 입이 턱 다물어졌다. 비웃음 섞인 목소리는 허점을 잘도 찾아 양심을 찔러 댔다.

"이상하잖아. 왜 네가 그토록 아끼는 애의 기억을 보고 난 뒤에야 없던 죄책감이 생기지?"

"무슨 뜻이야?"

"그냥 겁먹은 거 아냐? 그 애가 널 경멸할까 봐. 인간 흉내를 어지간히 오래 하고 살았나 보네. 그걸 죄책감으로 착각하다니."

혜성은 영명이 자신을 인간으로 보지 않는다는 것을

알았다. 자신의 본질을 아는 동시에 그것이 어떤 의미인지도 훤히 알고 있을 터였다. 영명을 두고 세월이 하는 말이 날카롭다 느꼈을 때, 혜성은 자신의 정체를 실감했다.

"실수하고 싶지 않으면 자기가 어떤 상태인지 스스로 솔직해지는 게 좋을걸."

"없는 죄책감을 지어내진 않아."

"너 자신한테 속았을 수는 있겠지. 그래, 아까 수명을 되돌려 준 적 없냐는 것도. 필요할 땐 먹어 놓고, 막상 널 기억하지 못하는 모습을 보니 후회가 되던?"

틀린 말은 아니었다. 혜성은 멀어지지 않으면서도 진실을 숨기지 않을 수 있게, 세월이 자신을 기억해 냈으면 좋겠다고 생각했다.

"그냥 생각해 본 것뿐이야. 기억을 잃은 게 그 애를 힘들게 한 게 아닐까 하고."

"기억을 먹지 않겠다고 약속한 것도 그 애와 한 건가?"

세월을 만나기 훨씬 전에 한 약속이었다. 그때 그 애의 모든 기억을 먹은 바람에 어린 시절 얼굴만큼은 도무지 흐려지지 않았다. 약속한 순간도 마찬가지였다.

"아니. 다른 친구와 한 약속이야."

"그런 약속, 무시하면 될 일인데. 아직도 지키고 있는 걸 보면 어지간히 괴물로 보이기 싫었나 봐."

정작 그 애와 마지막 인사를 나눴을 때는 또렷하게 기억나지 않았다. 끝내 진실을 털어놓지 못했던 과거를 계속 구석으로 밀어 넣은 탓이다.

"읽고 싶지도 않지만, 애초에 원하는 기억을 골라 읽는 건 아직 불가능해. 세월이의 기억을 본 뒤로는 한 번도 능력을 안 써 봤거든. 네가 원하는 수준까지 가려면 연습이 필요해."

"시간은 아직 많아. 내가 여러 명이랑 계약한 것도 아니고, 한 명 관리하는 거야 충분하지. 그러니 천천히 연습해 봐. 좀 능숙해지면 알려 주고."

혜성은 무슨 말을 해야 할지 몰라 화제를 돌렸다.

"기억을 알아내는 데 왜 그렇게 집착해?"

"가장 정확히 그 애를 이해할 방법이니까."

영명은 무엇을 위해 성단을 이해해야 하는지는 답하지 않았다. 혜성은 영명이 수명을 먹기 위해 인간에게 접근했다고 생각해 왔다. 그런데 이상하게도 의도와는 어울리지 않는 간절함을 영명에게서 느꼈다.

"그러니까 내 말은, 과거에만 왜 이렇게 매달리냐고."

"무슨 소리를 하려고 그렇게 이상하게 입을 놀려?"

"걔가 평소에 뭘 하고 지내는지는 알아?"

어쩐지 익숙한 질문이었다. 영명은 혜성도 두려워하는 자신을 전혀 겁내지 않던 세월의 눈을 떠올렸다.

"공부?"

"그리고?"

"잘 모르지. 날 볼 때마다 맨날 벌벌 떠는 바람에 속 깊은 얘기는 전혀 안 해 준다니까."

단순히 수명을 얻어 내기 위해서라기에는 걸리는 점이 한두 개가 아니었다. 혜성이 당사자에게 허락받을 때만 이야기를 먹는 것은 본인 스스로 건 제약 때문이지, 허락 없이 아예 먹지 못하는 것이 아니다. 영명도 수명을 먹을 때 허락이 필요하지는 않을 텐데 왜 굳이 그 애에 대해 캐내려는 건지 이해가 가지 않았다.

"진짜로 그 애에 대해 알고 싶다면 현재에 집중해. 과거에 매달리다 빤히 보이는 단서를 놓칠 수도 있잖아."

기억을 먹는다고 그 사람의 전부를 알아낼 수는 없다. 어떤 이야기가 있었는지는 알아도, 그중 무엇이 지금의 모습을 만들어 내는 데 주요했는지는 직접 듣기 전까지 모른다.

"현재에 집중하라는 게 무슨 소리야?"

"관찰해 보라는 거야. 평소에 어떤 말투를 쓰는지, 시간이 비면 뭘 하는지, 어떤 걸 좋아하고 싫어하는지."

혜성은 말하면서 자신이 저지른 실패를 회상했다. 세월에게 매달리려는 감정이 앞서서 진짜 세월을 마주하지 못했던 과거를. 봄 공기의 향은 그 자체로도 너무 강해서 꽃에서 배어 나온 향이라는 걸 잊게 한다. 봄꽃이 학교 화단을 채우던 내내, 혜성은 향기에 휘둘려 정작 그 너머를 제대로 바라보지 못했다.

"낯간지럽게 웬 조언?"

"그때는 나름 최선이라고 생각했는데, 지금 생각하니 후회돼서. 비슷한 상황을 마주하는 일은 두 번 다시 없었으면 하거든. 설령 그게 남의 일이라고 해도 말이야."

그게 누구에 관한 이야기인지는 영명도 금방 알아챌 수 있었다. 그 누군가가 건넸던, 한참을 무시하고 있던 충고는 혜성이 지금 자신에게 건넨 말과 다를 것이 없었다.

"누구랑 똑같은 소리를 하네."

인간 흉내를 내는 줄 알았더니, 사실 인간이 아니라 세월을 따라 한 건가 싶었다.

"그럼 이렇게 하자. 네 말대로 해 볼게. 대신 다른 부탁은 들어줘. 기껏 정보도 줬는데 먹고 튈 생각 하지 말고."

11. 기대로 만들어진 가치

수업이 없는 일요일은 오직 자신의 계획으로만 하루를 보내야 한다. 성단의 일요일도 예외는 아니다. 영명은 새벽같이 눈을 뜨더니 비둘기만 한 하얀 새로 변해 창밖으로 날아갔다. 그리고 성단의 방 창틀에 가만히 앉아 해가 뜨기를 기다렸다. 다섯시쯤 되자 방 안쪽에서 부스럭거리는 소리가 들려왔다. 아직 기상 방송이 울리려면 두 시간도 더 남았는데. 영명은 깜짝 놀라 구석으로 숨어 몸을 낮췄다. 창 너머를 슬쩍 들여다보자, 막 잠에서 깬 성단이 벌써 몸을 일으켜 화장실로 향하고 있었다.

성단이 방을 나서자마자 영명은 얼른 벽을 타고 돌아 복도 쪽 창문으로 날아갔다. 한 층 한 층 내려가 보니 전등이라고는 하나도 켜지 않은 독서실이 보였다. 성단은 익숙하다는 듯 자연스레 자물쇠를 따고 들어갔다.

'이 새벽부터 대체 뭐 하는 짓이야? 걸리면 어쩌려고 저래?'

성단의 자리는 다행히도 창문 근처여서, 각도만 잘 찾으면 뭘 하는지 창밖에서도 볼 수 있었다. 성단은 독서실 서랍에 넣어 둔 교재를 통째로 꺼내 잔뜩 늘어놓았다. 책상 위에는 그 흔한 달력이나 스케줄러도 없었다. 오직 교재로만 채워진 책상은 보는 것만으로도 숨이 막혔다. 옅은 숨소리와 종잇장의 팔랑임만이 아침 독서실을 채웠다. 영명은 두 시간 내내 연필 움직이는 모습을 지켜보았다.

'손에 힘이 과하게 들어가 있어. 계속 저러면 분명 나중에 무리가 올 텐데.'

절박하다 못해 간절해 보였다. 세상 모든 걸 놓아 버린 듯 떨어지려고 했으면서, 왜 저리 공부에 매달리는 걸까. 성단의 흰자는 붉게 달아올랐고 선홍색이 비쳐야 할 뺨은 오히려 창백했다. 기상 시간을 알리는 종소리가 울리자, 성단은 몸을 일으켜 사감실로 향했다. 그리고 몇 분 지나지 않아 다시 제자리로 돌아왔다.

학생 대다수가 집에 간 탓에 해가 산 중턱을 향해 달리는 동안에도 독서실은 물론 복도마저 고요했다. 그나마 남은 학생들도 본관이나 방에서 시간을 보내는 중이었다. 또 몇 시간이 지나고 점심시간 종이 친 뒤에도, 성단은 자리에서 일어나지 않았다. 성단이 일어난 건 그로부터 꼬박 이십 분 정도가 더 흘렀을 때였다.

홀로 급식실로 가는 성단을 보니 지금이라도 인간 모습으로 돌아가 같이 밥이라도 먹어 줘야 하나 싶었다. 자신이 친구였다면 그랬겠지만, 영명은 오전 내내 고생한 성단의 심기를 괜히 건드리고 싶지는 않았다.

하나 걸리는 점은 성단이 급식실로 바로 가지 않고 학교 연못을 거쳐 돌아가는 길목으로 향한 것이다. 저렇게 공부에 매달린다면 시간을 아껴야 하는데 주차장만 통과하면 바로 갈 수 있는 급식실을 뭐 하러 멀리 돌아가는지 의문이 들었다.

'연못에 용건이 있는 건가, 아니면 주차장을 피하는 건가?'

후자였다는 것은 금방 알 수 있었다. 성단은 연못 쪽에는 시선을 주지 않은 채 발걸음을 재촉했다.

'어린애들 말도 가끔은 쓸모가 있네.'

형이 죽은 후로는 차 자체가 무서워진 건가 싶었다. 분명 눈치챌 기회가 있었는데 단서를 그냥 넘겨 버렸다. 그때는 형을 교통사고로 잃었다는 걸 몰랐으니까.

그래도 여전히 공부에 대한 성단의 집착은 이해가 가지 않았다. 부모가 성적으로 압박이라도 하는 걸까.

'잠깐 봐서 판단하기는 좀……. 적어도 어머니는 그런 유형으로 보이진 않았는데 말이야.'

머릿속으로 다시 성단의 오전 일상을 되감았다. 왜 그렇게까지 공부에 매달리는 걸까. 뛰어내리려고까지 했으면서, 문제 하나 더 푸는 게 무슨 의미가 있는지.

'사실은 살고 싶은 건가?'

성단이 급식실에 간 사이, 영명은 몰래 독서실에 들어가 성단의 자리로 향했다. 그제야 책상 위에 올려진 교재가 자세히 눈에 들어왔다. 멀리서 봤을 때도 갑갑할 정도로 빽빽한 책들이었는데, 자세히 보니 꽤 괴리감이 느껴졌다. 같은 두 책과 다른 글씨체. 한쪽이 정갈하다면 다른쪽은 그 글씨를 어설프게 흉내 낸 느낌이었다. 이전에는 성단의 글씨가 적당히 깔끔하다고 생각했는데, 이렇게 보니 괴상할 정도로 어색했다.

영명은 더 정갈한 글씨가 적힌 쪽의 책을 집어 들어 표지를 확인했다. 유성운. 처음 보는 이름이었음에도 누구인지 단번에 알 수 있었다.

독서실 문이 열리는 소리에도 영명은 떠나지 않았다. 지금이라도 새로 변해 창문으로 날아간다면 충분히 몸을 피할 수 있었다. 그러나 영명은 여전히 책상을 응시한 채 성단을 기다렸다. 성단이 나타나자마자, 기다렸다는 듯 천천히 고개를 돌려 천연덕스럽게 인사를 건넸다.

"네가 글씨 연습을 이렇게 중요하게 여길 줄은 몰랐는데."

창백하게 질린 성단의 얼굴을 보고 나니 확신이 들었다. 이게 성단이 정말로 숨기고 싶어 하는 진실이었다. 형의 죽음을 자신이 죽어야 할 이유로 늘어놓던 성단이, 정작 그 이후에 어떤 일이 있었는지는 자세히 말해 주지 않았다. 영명은 그게 내내 마음에 걸렸는데, 그 글씨를 보고 나서 알아챌 수 있었다. 성단은 아직도 말하지 않은 과거에서 벗어나지 못한 거라고.

"처음에는 죄책감 때문인가 했는데, 그렇게 보기에는

이해 안 가는 구석이 너무 많아서 말이야."

영명은 들고 있던 책을 성단에게 내밀었다. 성단은 차마 그걸 받지 못한 채 표지에 적힌 형의 이름을 응시했다.

"지금 뭐 하자는 거야?"

"나야 뭐, 선이야 이미 넘을 대로 넘었잖아. 네 목숨으로 장난치는 것보다 더 화낼 일이라니, 그 정도로 숨기고 싶었나 봐?"

"그 책 내려놔."

"공부야 그렇다 치고, 왜 형 글씨를 따라 쓰고 있는 거야?"

* * *

영명의 말대로였다. 화를 낼 거였다면 진작 내고도 남았겠지. 민폐가 될까 싶어 숨긴 것은 아니었다. 영명이 억지로 파헤치지 않았다면 나조차 제대로 직면하지 못할 감정이었다. 그게 매 순간 내 행동을 결정짓고 있었는데도 말이다.

형이 죽은 이듬해 여름, 여느 날처럼 어머니는 밤을 새워 슬퍼하고, 아버지의 눈빛은 어둡던 날이었다. 어머니가 가슴속의 응어리를 풀지 못하고 쓰러졌다. 몸이 약해질 대로 약해져서 유난히 더운 여름을 이기지 못한 것이다. 응급실에 실려 갔다는 소식에 아버지는 정신없이 어머니에게 갔다.

어머니가 입원하게 되면서 아버지는 병원과 집을 오가며 지냈다. 그런 아버지의 안중에 어머니 말고 다른 것이 들어올 리 없었다. 집에 있을 때도 정신은 어딘가에 팔려 있고, 나를 챙기는 손길은 마냥 다급하고 무거웠다. 그 모습을 볼 때마다 부모님에게 그저 죄송했다. 내가 여기 있지 않았더라면, 내 존재 자체가 없었더라면 부모님이 지금보다 덜 힘들었을 텐데. 왜 나는 부모님이 마음껏 슬퍼하지 못하게 계속 발목을 잡는 걸까.

그날 결심했다. 발목을 잡을 바에야 조금이라도 그 슬픔을 옅게 해 주자고. 형의 빈자리를 느낄 새 없이 열심히 채워 보자고. 부모님께 걱정 한번 끼치지 않던 형을 떠올리고 따라 했다. 그러나 나는 형의 재능 중 어떤 것도 갖고 있지 않았다. 학부모 사이에서 늘 대화의 중심이던 어머니는 사람들과 만나는 일 자체를 피했다. 지금 생각하면 슬픔에 잠겨 다른 사람을 볼 여유조차 없었던 거지만, 그때의 나는 그 이유가 내가 어머니에게 충분한 자랑거리가 되지 못해서라고 생각했다.

부모님에게 응석 부리는 대신 문제집을 붙잡고 방에 틀어박혀 있는 날이 이어졌다. 집에 있는 것만으로도 마음이 불편해서 중학교에 입학한 후로는 방과 후에도 공공도서관에 머물렀다. 2학년쯤부터는 특목고 입시를 준비했다. 학교나 학원에서 좋은 성적을 받아 올 때면 어머니는 잠깐이나마 얼굴에 미소를 띠었다. 그게 전부였다. 나는 형의 자리를 대신할 수 없었다. 형이 살아갔어야 할 인생을 대신 살아감에도, 대체하기는커녕 기억 속 형의 발끝조차 따라가지 못했다. 상상 속에 존재하는 형의 미래는 좇는 것조차 버거워만 갔다.

고등학교에 입학한 이후로는 훨씬 심해졌다. 내로라하는 학생만 모인 학교에서 내 실력은 무엇 하나 빛나는 구석이 없었다. 졸업이 가까워질수록 내가 어디까지 다다를 수 있을지는 더욱 선명해질 터였다. 차라리 결말이 나기 전에 그만둔다면. 내가 죽어 사라지면 부모님 기대 속의 나는 형처럼 환상이 될 수 있지 않을까. 내가 어떤 아들이었는지는 흐리게나마 기억하시는 정도로.

그래. 이거다. 내가 모든 걸 끝내기를 바란 이유가. 그래서 내 존재마저 통째로 지워 줄 수 있다는 영명의 말을 들었을 때, 내가 생각한 것보다 더 나은 결말이 있다는 사실에 기뻤다. 영명의 제안대로 나와 형에 대한 부모님의 기억을 지운다면 애초에 아파할 일도 없었다.

"그거 아직 유효한 거지? 원한다면 나에 관한 기억도 전부 지워 줄 수 있다는 말. 세상에 아예 존재하지 않았던 것처럼 말이야."

"그 얘기가 갑자기 왜 나와?"

"완벽해질 수 없다면 아예 사라지는 게 나아. 아무리 따라 해도 똑같아질 수가 없어."

여전히 삐뚤빼뚤한 글씨로 채워진 책이 눈에 들어왔다. 아무리 노력해도 똑같아질 수 없다. 상상만큼 완벽해질 수 없다.

"형만큼 완벽해지려면 이 짓거리를 몇 번이나 더 반복해야 하는 거야?"

영명의 얼굴 위에 있던 미소는 진작에 지워진 지 오래였다. 대체 뭐라고 한마디 하려나. 나는 얼마 전 봤던 냉랭

한 시선을 예상하며 고개를 들었다. 하지만 영명은 열기 어린 눈길로 나를 바라보고 있었다. 목소리나 표정은 전부 그때처럼 차가운데도.

"살아 있지도 않은 사람만큼 완벽하지 못해서 죽겠다는 소리야?"

영명은 내게 손을 뻗지도 그렇다고 물러나지도 않은 채 똑바로 자리를 지켰다.

"내가 들어 본 것 중 제일 멍청한 이유네. 내가 이런 이유로 고생했다는 게 짜증 날 정도야."

"네, 네가 뭘 알아. 겪어 본 적도 없으면서 뭘 알기라도 하는 것처럼⋯⋯."

영명은 들고 있던 형의 책을 바닥에 집어 던졌다. 뭐 하는 짓이냐고 따져 물으려는데 차갑게 가라앉은 음성이 훅 숨통을 조여 왔다.

"완벽하다는 게 어떻게 문제 하나 맞고 틀리는지로 결정될 수 있겠어?"

"이, 이거 하나로 가능하다는 생각은 안 해. 형이랑 난 본질적으로 다르⋯⋯."

"말 잘했네. 본질적으로 다르잖아. 근데 어떻게 네가 형처럼 바뀌어."

　이상하다. 화를 내야 하는 건 내 쪽이 아니었나. 그런데 제멋대로 남의 자리를 들쑤신 영명이 왜 이리 나를 쏘아 대는 건지 이해가 되지 않았다.

12. 대체할 수 없는 가치

왜 그리움에서 멈추지 않는 걸까. 형을 따라 하는 일에 이리 매달리는 이유가 뭘까. 세상에는 다양한 부모가 있으니 정말 이 애가 형처럼 완벽해지기를 부모가 바라는 걸 수도 있겠지. 하지만 설령 그렇다고 해도 그게 죽을 이유는 되지 못한다. 이게 진짜 이유라면, 이제 이 애에게는 동의서를 쓸 자격이 없다.

"왜 형을 닮아야 하는데? 네가 형을 대체하면 부모님이 전부 괜찮아질 것 같아서?"

긍정이나 다름없는 침묵이 돌아왔다. 나는 주먹 쥔 손에 힘을 풀고 성단을 바라보았다.

"그게 네 나름의 선택이라면 말리진 않겠어. 하지만 형

과 똑같아지지 못해서 죽겠다는 걸 죽어야 할 이유로 써
낼 생각은 하지 마."

이 말을 대체 몇 번째나 하는 거더라. 아무리 말려도 결
국 동의서에 서명을 받아 내는 인간은 계속해서 나왔다.
그럴 때마다 매번 목숨을 가져가 줘야 했다.

"그게 왜 이유가 되지 못하는 건데?"

나는 까마득한 과거에 내가 내렸던 결론을 기억 저편
에서 겨우 끄집어냈다. 목숨 하나하나를 단위로 매길 수
있다면 그 가치는 결국 같다. 적어도 나에게는 그랬다. 어
떤 사람이든 명을 전부 먹어 치우고 나면 수십 년어치의
수명으로밖에 남지 않는다.

이런 생각은 정체를 숨겨야 해서 인간과 오랫동안 함
께 살 수 없는 괴물에게는 익숙했다. 그럼에도 인간을 혐
오 혹은 사랑하거나, 가끔 그들처럼 되기를 열망하는 괴
물은 어디에나 존재했다. 그게 좋지 않은 끝을 불러오리
라는 것을 알았기에, 나는 인간의 수명을 얻기 위해 인간
세상에서 살면서도 그들과 관계 맺지 않는 법을 배웠다.

그리고 그것이 제일 안전한 방법이라는 걸 알면서도
스스로 그 방식을 포기했다. 같은 일상을 반복하며 늘어

만 가는 권태감은 어떤 위협보다도 견디기 힘들었다. 설령 관계를 맺지는 못하더라도, 더 가까이에서 관찰하고 싶다는 욕구가 커져 갔다. 사회성이라고는 없는 나도 어떻게든 묻어갈 수 있을 만큼 다양하고 많은 사람이 있는 장소. 학교는 몇십 년 전에도 그런 공간이었다. 적당히 가까운 사이를 만들고 시답지 않은 일로 수다를 떨면서도 주변에 웃음이 끊이지 않는 십여 년을 보냈다.

지루하다는 이유로 학교에 들어온 내가, 같은 신분으로 질리지 않고 몇 년을 살아갈 수 있었던 것은 한 인간 덕분이었다. 다른 사람보다 특별히 수명이 긴 것도, 그렇다고 뭔가 특출 난 점이 있는 것도 아니었다. 시시한 행동을 해도 시선이 가고 옆에 있으면 신경이 쓰이는데도 불편하다는 생각이 들지 않았다. 다른 애들은 그 애와 나를 소꿉친구라고 불렀다. 어릴 적부터 함께한 친구라는 본래의 의미를 생각하니 우습지도 않았지만 그래도 어쩔 수 없다고 생각했다. 애초에 살아온 시간이 다른 이상 바뀔 수 없는 문제였다.

가까워도 적당히 가까웠어야 했다는 깨달음은 뒤늦게 찾아왔다. 인간 형체를 너무 오래 유지한 탓에 잠깐 본모습으로 돌아올 생각이었다. 그때의 내 본모습은 사람보다 훨씬 커다란 새였기에, 들키지 않으려면 학교 뒷산 정도는 다녀와야 했다. 내가 하굣길에 뒷산으로 향할 때면 그 애는 어디를 가는지 알면서도 안부 묻듯 행선지를 꼬박꼬박 물었다.

"오늘도 가려고? 나도 같이 가도 돼?"

"나중에 따로 가 봐. 난 산책은 혼자 하는 게 편해서."

따로 가 보라는 말도 덧붙이지 말 걸 그랬다. 새로 변한 모습도 아니고 날개를 펼친 모습을 들킬 줄은 몰랐으니까. 그 애를 마주했을 때, 내 등 뒤에서는 이미 거대한 하얀 날개가 돋아나고 있었다. 죽일 생각으로 그 애의 목을 향해 손을 뻗는 그 순간이었다.

"좋아해."

유언을 남길 틈도 주지 않을 생각이었다. 그런데 고작 그 한마디에 그대로 팔이 굳었다. 특별한 점이 없어 특별하다는 생각조차 못 했는데, 상황 파악도 하지 못하는 서툰 고백 탓에 깨달았다. 그 고백이야말로 이 애가 정말 내게 특별해졌다는 증거라는 것을.

"그런 헛소리를 한다고 살려 줄 생각은 없는데. 살길 바란다면 차라리 무릎이라도 꿇어 봐. 혹시 내가 봐줄지도 모르잖아."

그렇게 말해도 그 애는 무릎을 꿇기는커녕 나를 향해 똑바로 다가왔다. 정확히는 내 날개를 향해서. 날개를 숨기려 급히 내린 탓인지, 바닥에 쓸린 부분에서 피가 배어 나왔다. 어차피 거둔 채로 조금만 쉬면 나을 상처인데도, 자기가 다치기라도 한 듯 울먹이는 그 애의 얼굴을 보고 이상하게 우습다는 생각이 들지 않았다.

"그냥 말해 줄 수 없을까?"

"뭐를?"

"네게 왜 이런 날개가 있는지 궁금해. 네가 사실은 어떤 사람이었는지도 알고 싶어."

들킨 것이 날개뿐이라면 대충 천사 같은 존재라고 해도 속아 넘어갔을지 모른다. 그런데도 나는 사실대로 말했다. 나는 인간의 수명을 먹고 삶을 이어 가는 괴물이라고. 이 애한테만큼은 솔직해지고 싶다는 간질간질한 감정과는 거리가 멀었다. 처음에는 이조차 유흥일 뿐이었다. 내가 너를 해하는 괴물이라고 해도 여전히 좋아한다는 말을 할 수 있을지 궁금했다. 과연 어떨까. 그래도 나를 좋아한다며 치기 어린 모습을 버리지 못할까. 아니면 뒤늦게야 자기 마음의 무게를 알고 나를 떠나 도망칠까.

"그럼 넌 인간의 수명을 먹지 못하면 살지 못하는 거야?"

"아마 그렇겠지. 아직 수명이 다 떨어져 본 적은 없지만, 요즘은 통 수명을 먹지 못했으니 슬슬 위험해지겠네."

몇십 년은 아직 여유가 있었으나, 이렇게까지 말해야 본인이 위험할지도 모른다고 생각하겠지 싶었다. 그런데 그 애가 내게 건넨 제안은 하룻강아지답지 않게 담대해서 저절로 웃음이 터졌다.

"그럼 이렇게 하자. 네게 매일 내 수명 하루치를 줄게."

"그게 무슨 소리야?"

"그럼 나랑 같이 있는 동안은 계속 살아갈 수 있잖아. 다른 사람의 수명을 먹지 않아도 말이야."

살다 보니 별소리를 다 듣겠다 싶어서 한참을 웃었던 것 같다. 그런데도 그 애는 웃음기 하나 없이 진지한 얼굴로 내 손을 잡으며 위로를 건넸다.

"이제 혼자 힘들어할 필요 없어."

지루해한 적은 있어도, 이렇게 살아가는 게 힘들다고

생각해 본 적은 없었다. 그래도 재미있을 것 같았다. 사냥할 필요 없이 수십 년 정도의 삶을 보장받는 것도 꽤 큰 이득이었다. 혹시 함정이라 해도 신분을 버리고 사라지면 그만이었다.

"정말 괜찮겠어? 너, 그 말 무슨 뜻인지 모르는 건 아니지? 그건 네 수명을 포기하겠다는 소리야."

"지금 널 붙잡을 수 있다면 상관없어. 날 살려 준다고 해도, 이미 들켜 버린 이상 여기서 도망칠 거잖아. 아니야?"

제대로 정곡을 찌른 말이었다. 그때 나는 당황하는 기색을 숨기는 것이 서툴렀고 그 애는 내가 어떤 기분인지 너무 쉽게 알아챘다.

"그러니까 같이 있자. 오히려 다행이야. 내가 알아채지 못했다면, 언젠가 널 떠나보내야 했을 테니까."

목숨의 무게를 모르는 듯 해맑게 웃는 모습이 이해되지 않았다. 적어도 목숨을 저당 잡힌 사람에게서 나올 표정은 아니었다.

졸업 이후에도 늘 같이 붙어 있던 우리는 사실상 연인이나 다름없는 사이가 되었다. 같이 붙어 있을 때면 내가 정말 인간이라도 된 듯 사소한 것도 즐거웠다.

그때도 내 이름은 영명이었다. 꽤 특이한 이름이라서 언젠가 그 애가 내게 어떻게 이름을 지은 건지 물은 적이 있었다.

"왜 영명이야?"

"'길 영'에 '목숨 명' 자야. 먹을 수명만 있다면 영원히 살아갈 수 있으니까."

"네가 지은 거야?"

"응. 어울리지 않아? 적당히 사람 이름 같고."

그 애는 내 이름을 부르는 걸 좋아했다. 나 또한 그 애가 나를 부르는 목소리를 좋아했다. 서로를 부르는 게 익숙하다 못해 일상으로 느껴질 정도로 우리는 오랜 시간을 함께 보냈다.

어느 순간부터 나는 그 애의 수명을 먹지 않았다. 그 짧은 수명을 먹은 것조차 후회하게 된 것은 그 애가 급작스러운 병세로 몸져누웠을 때다.

쓰러진 그 애의 머리 위에 생전 처음 보는 숫자가 띄워졌다. 초가 지나고 분이 지날 때마다 숫자는 천천히 사라졌다. 그게 무엇을 의미하는지 금방 알 수 있었다. 고작 한

달. 그 애의 남은 수명이었다. 숫자는 계속 줄어드는데, 이상하게 시간이 그대로 멈춘 것만 같았다. 사실은 그러기를 바랐다. 함께 보내는 시간이 이렇게 어이없게 끝난다는 것을 받아들일 수 없었다.

나는 한 달 내내 그 애가 누운 침대 곁을 떠나지 않았다. 우리는 넘칠 정도로 많은 이야기를 나눴다. 처음 만났을 때의 추억. 괴물로 살아가던 때의 일들. 나를 만나기 전의 모습. 지금은 연락이 끊긴 그 애의 가족. 평소에는 쉽게 꺼내기 힘든 말이 서로의 입에서 쏟아져 나왔다. 한 달은 금세 며칠이 되었고, 며칠이 몇 시간으로 변하는 것도 눈 깜빡할 새였다. 그런데도 그 몇 시간은 내 생애 어느 때보다도 길고 또렷한 순간으로 남아 있다.

"영명아. 예전에 누가 그러더라. 사람은 죽으면 별이 된다고. 남은 사람이 계속 지켜볼 수 있도록 말이야. 그 말 진짜야?"

나름 위로하려고 짜낸 말일 텐데, 내가 무엇을 잃고 있는지 너무나 잘 알려 주는 말이라 마음이 너무 아팠다.

"그럴 거야. 내가 장담할게."

"그럼 별이 된 내가 널 본다면, 너도 하나의 별처럼 보이겠지?"

내가 뭐라 대답하기도 전에, 그 애는 갑자기 풀이 죽어 시선을 아래로 내렸다.

"아무래도 난 착한 사람이긴 글렀나 봐. 네가 다른 사람의 수명을 먹어서라도 영원히 살아 줬으면 좋겠다고 생각했어."

나름 위로한답시고 머리칼을 쓰다듬자 내 손길이 지날 때마다 그 애의 눈가가 배시시 휘어졌다.

"차라리 너도 죽어서 별이 되는 거라면, 네가 별이 되길 기다리며 지낼 수 있을 텐데."

"나도 죽으면 분명 별이 될 거야."

괴물이 죽으면 별이 된다는 소리는 듣지 못했지만, 비슷한 것 정도는 될 수 있지 않을까 싶었다.

"네가 별이 되어 한껏 빛나다가 사라질 때까지 같이 있어 주는 별이 될게. 나라면 분명 영원히 빛날 테니까."

그렇게 말하며 머리카락을 쓰다듬던 손을 볼에 가져다 댔다. 그러나 평소와 달리 손바닥에 온기가 전해지지 않았다. 남은 한 자리의 숫자마저 전부 사라진 뒤였다. 그 애의 손을 잡고 이끈다 해도 더 이상 나를 따라 걸어올 수 없다는 사실이 믿기지 않았다.

삶이 이렇게나 지루한 줄 알지 못했다. 잠깐의 변덕으로 맛본 시간은 혀가 아릴 정도로 달콤했기에, 이제는 세상 어떤 것에도 쉽게 감흥을 느끼지 못했다.

누구의 수명도 먹지 않은 채 몇십 년을 보냈다. 내가 먹은 수명을 전부 다 썼다는 것을 알아챘을 때는 희열마저 느꼈다. 첫 기억은 숲에서 시작됐으니 마지막 또한 숲에서 맞이하는 게 낫겠다 싶어 가까운 산으로 들어섰다. 나도 그 애처럼 끝을 앞두고 있구나. 그렇게 생각한 순간, 온몸이 무너져 내려 본래의 형체를 잃었다. 덩어리라고밖에 부를 수 없는 모양새였다. 아무리 애를 써도 새로도 사람으로도 변할 수 없었다.

'왜 의식이 끊기지 않지?'

그런데도 나는 여전히 주변을 둘러볼 수 있었다. 이파리가 서로 부딪치는 소리가 성가실 정도로 들려왔고, 희미한 흙냄새를 맡을 수도 있었다. 그제야 알았다. 수명을 전부 잃는다고 해서 죽을 수 있는 게 아니라는 것을. 사람의 수명은 내가 형체를 갖춘 채 살아갈 수 있도록 하는 힘이었다. 이런 상태로 영원을 보낼 자신이 없어 결국 나는 또다시 사람의 수명을 먹고 말았다. 숲에서 길을 잃은 인간이 우연히 내 옆을 지나친 것이 행운이었다. 그러나 예전처럼 수명 먹기를 반복해도, 이 권태에서는 도저히 벗어나지 못했다.

살아갈수록 그 애가 떠난 빈자리가 더욱 크게 느껴졌다. 다시 만나야만 채울 수 있을 것 같은, 그 애를 꼭 닮은 공백이었다. 지루함을 잠깐이나마 잊기 위해 이전에는 쳐다보지도 않았던 유흥을 잔뜩 즐겼다.

그중에는 유흥인지 아닌지 모를 일도 하나 있었다. 삶의 목적을 잃은 이들. 나는 그런 이들에게 다가가 종종 제안을 건넸다. 목숨을 고통 없이 가져가는 대신 원하는 소원을 아무거나 하나 들어주겠다고. 남은 수명이 별로 없는, 어차피 죽을 이들의 수명을 먹는 쪽이 이상하게 마음이 편했다.

그렇게 몇 개월을 보냈을 즈음, 나는 죽기 전 세계 여행이라도 한번 해 보고 싶다는 인간을 만났다. 나는 여러 나라를 돌아다니고도 남을 돈을 넘겼고, 반년 동안 일주일에 한 번꼴로 편지를 받았다. 다시 만났을 때, 그는 나를 붙잡고 돈은 어떻게든 갚을 테니 살려 줄 수 없겠냐며 빌었다.

그 당시의 나는 살고 싶어 하는 인간의 수명을 먹는 일에 거부감을 느끼기 시작했다. 다른 인간을 그 애만큼 신경 써서는 아니었다. 그저 살기 위해 버둥대는 먹이보다 가만히 있는 먹이에 거부감을 덜 느꼈을 뿐이다. 스스로 목숨을 끊으려는 인간은 많았으니 애원하는 그의 목숨을 굳이 거두지는 않았다. 그때 목격한 변화는 이후의 내 삶을 완전히 바꿔 놓았다. 하고 싶은 일이 생겨 더 살아 보고 싶어졌다, 그게 그 인간이 했던 말이다. 머리 위에 떠 있던 수명은 그 말과 동시에 빠르게 늘어났다. 고작 몇 개월이었던 수명은 수십 년으로 바뀌어 있었다.

그때 온몸에서 기운이 빠져나가는 느낌이 들었다. 수명을 전부 잃었을 때와는 또 다른 느낌이었다. 힘이 풀릴수록 느껴지던 이상한 기분이 그동안 있는 줄도 몰랐던 빈자리를 천천히 채웠다. 그를 돌려보내고 나는 혹시나 하는 마음에 얼른 산에 들어가 본래의 모습으로 변해 보았다. 거대한 나무만 했던 몸집은 이전의 반 정도로 줄어들어 있었다.

다시 인간의 모습으로 돌아온 직후, 나는 갑작스러운

위화감에 팔다리를 이리저리 휘둘렀다. 태어났을 때부터 쭉 새 모습일 때가 훨씬 편했는데 그 잠깐 사이 새일 때와 인간일 때의 간극이 조금 줄어든 기분이었다.

'인간이 된 기분이네.'

그러자 가능성 하나가 번뜩 뇌리를 스쳤다. 만약 계속 이런 식으로 사람을 살린다면, 내 몸은 점점 인간에 가까워지지 않을까.

그때부터 목적이 바뀌었다. 대가를 치르고 목숨을 받아 내는 대신, 스스로 목숨을 끊으려는 이를 막는 쪽으로. 그건 수명을 먹고 싶어 하는 내 본능을 거슬러야 가능한 일이었다. 욕구를 억제하면서까지 그런 길을 택한 것은 인간을 동경해서도 닮고 싶어서도 아니었다. 다만 지루함을 견디며 언제 끝날지 모르는 삶은 더 이상 살고 싶지 않았다.

문제는 이미 수명이 정해져 버릴 정도로 죽을 각오를 굳힌 인간은 쉽사리 마음을 돌리지 않는다는 것이었다. 몇 번의 시도 끝에 나는 처음으로 인간을 살렸던 방법을 조금 변형해 사용했다. 고통 없이 죽도록 도와줄 테니 그 대가로 자신이 죽어야 할 이유를 증명하라는 동의서를 매번 작성하게 했다. 피해 오던 이유를 직면하면 결국 자신이 죽어야 할 이유는 없다는 것을 스스로 깨달을 것이라고 확신했다. 세상에 죽어 마땅한 사람은 없으니까. 하지만 그 당연한 사실을 끝내 깨닫지 못하는 사람이 그리 많은 줄 몰랐다.

몇십 년 동안 반복했음에도, 구해 낸 사람은 그리 많지 않았다. 방법이 문제인가 싶어 바꿔 보기도 했지만 결국 원점으로 돌아왔다. 끝내 서명을 받아 낸 인간들은 계약한 대로 목숨을 거두어 갔다. 그러나 서명한 이 중 진심으로 그들의 죽음을 바랐던 자는 거의 없었다. 대다수는 그들의 아픔에 공감하며 도우려고 했다. 그런데도 어떤 이들은 자신이 편하게 죽기 위한 수단으로 서명을 이용했다. 누군가에게는 그 애만큼이나 빛났을 인간들이 스러져가는 것을 몇 번이나 봐야 했다. 그때마다 나는 그 애를 떠올렸다. 죽는 순간에도 나를 놓지 못했던 그 애를.

목숨 자체는 내게 그리 대단치 않다. 손 하나 까딱하지 않고 전부 앗아 버릴 수 있는 것이 인간의 수명이다. 그런데 나는 왜 그 애와 다른 인간을 매번 구별하는 걸까. 그 애가 딱히 특별한 능력이 있던 것도 아닌데 말이다. 재미라고는 하나도 없는 나를 십여 년 동안 챙겨 준 섬세함을 여전히 기억한다. 내가 괴물이라는 것을 알았지만 끝까지 내게 손을 뻗어 준 용기는 오랫동안 내 곁을 맴돌았다. 그러나 지금 와서 다른 이가 그런 용기를 보여 준대도 별로 감흥이 느껴지지는 않을 것 같았다. 그제야 인정했다. 그 모든 마음이 특별해 보였던 이유는, 그게 그 애의 진심이어서다.

성단의 부모도 그랬을 것이다. 누가 어떤 행동을 하든 자식 잃은 슬픔을 지워 줄 수는 없다. 같은 자식인 성단에게도 불가능한 일이었다.

"네가 아무리 완벽해져도, 결코 네 형을 대신할 수는 없어."

누구도 다른 누군가를 대체할 수는 없으니까.

"형을 대신하지 못해서 도망치겠다고? 넌 그냥 네 죄책감을 제대로 마주하지 못하는 것뿐이야. 그래서 일부러 이루지 못할 일에 매달리는 거잖아."

말을 고를 여유가 도무지 생기지 않았다. 속이 끓는 기분에 목소리가 증기처럼 솟구쳐 올랐다. 성단의 표정이 일그러지든 말든 오랜 시간 누구를 향하는지도 모른 채

쌓여 왔던 열기가 계속 달아올랐다.

"조금만 다가가면 알았을 거 아냐. 그건 네가 죄책감을 가질 필요 없는 일이라는 걸. 내가 계속 말했잖아. 넌 잘못한 적이 없어."

성단은 그 말을 부정하지도 내 눈을 피하지도 않았다. 금빛으로 빛나지 않는 두 눈으로 태우기라도 할 것처럼 나를 응시했다.

"아무리 노력해도 예전으로 돌아갈 수 없다는 건 알아. 부모님도 나도. 그래도 그게 두 분의 슬픔을 마냥 외면하며 살 수 있다는 소리는 아니야."

"내가 언제 외면하랬어? 미안해하지 않아도 위로는 충분히 할 수 있어."

한참이나 그림자에 빠져 있던 성단이 마법처럼 바뀔 수 있으리라는 기대는 하지 않는다. 다만 이해시키고 싶었다. 네 모든 걸 지금 포기하는 건 옳지 않다고.

"떠난 사람을 그리워한다는 거랑 매여 산다는 건 전혀 다른 문제야. 거기서 나와. 그래야 제대로 위로해 줄 거 아니야."

"제대로라니?"

"어줍지 않게 다른 사람 따라 하지 말고, 그냥 네 삶을 살아."

처음 성단의 어머니를 마주했을 때, 사실 내게는 성단에게 갖는 비밀이 하나 더 생겼다. 성단의 남은 수명이 어머니의 것과 별 차이가 없다는 사실이다. 언뜻 봤을 때는 고작 몇 주 차이였다. 갑작스러운 병환이라도 있는 게 아니라면 그게 뜻하는 바는 더없이 명확했다.

"네 어머니의 목숨이 줄어드는 걸 막을 수 있는 사람은 너뿐이야. 이거 하나는 자신할 수 있어."

"그걸 네가 어떻게 알아?"

"내가 뭘 볼 수 있는지 잊었나 보네?"

깨달았다는 듯 커진 눈에 괜히 속이 뒤집혔다. 대체 어릴 적에 어떤 일을 겪었으면 부모님께 민폐가 될까 봐 죽고 싶다는 생각까지 하게 된 걸까. 이제는 그 과거를 들여다볼 수 있을 거라 생각하지 않는다. 내가 알지 못하는 과거를 성단이 외면하게 만들기 어렵다는 것도 잘 안다.

"부모님은 네가 공부에 이렇게 매달리는 것도, 형을 따라 하는 거에 집착한다는 것도 모르지?"

"모르시겠지. 애초에 내가 늘 피해 다녔으니까."

"그럼 답 나왔네. 네가 지금까지 어머니의 버팀목이 될수 있었던 건 네가 형의 대체재여서가 아니야. 그냥 네가 그만큼 중요했던 거지."

내가 심어 줄 수 있는 것은 확신뿐이다. 네가 형을 대체할 수 없듯 다른 누구도 너를 대신할 수는 없다고. 누군가에게 네가 가치 있을 수 있는 건, 다른 무엇도 아닌 그 존재 자체 덕이라는 걸 전해 주는 게 내 마지막 일이다.

"뭐, 솔직히 더 따지고 들자면 설명할 게 한도 끝도 없지만 더 했다가는 네 머리가 버티지 못할 것 같으니 이 정도만 할게."

미세하게나마 격해졌던 목소리가 다시 차분히 가라앉는다. 미소가 사라진 것을 빼고는 모든 게 평소와 같았다.

"네가 살 가치가 없다는 말 말고 다른 이유를 찾지 못한다면, 넌 영원히 동의서를 쓰지 못할 거야."

나는 그동안의 여정이 의미 있기를 바랐다. 아무리 열변을 토해 봤자 스스로 깨닫지 못했다면 아무것도 변하지 않는다.

"그래도 도망치고 싶어."

그 말에도 희망을 버리지 않았다. 성단은 그 생각에 보답하듯 울먹이는 목소리로 겨우 대답을 이어 갔다.

"그런데 네 말대로야. 이젠 내가 죽어야 하는 이유를 찾지 못하겠어."

마음이 머리를 금방 따라갈 거라고 기대하지는 않았다. 죽을 이유를 찾을 수 없다는 것이 결국 죽을 이유가 없었다는 것을 깨닫는 데는 얼마나 걸릴까. 도망치고 싶다는 마음을 지우는 데는.

나는 성단의 머리 위를 천천히 올려다보았다. 위에 새겨진 숫자가 빠르게 늘어 갔다.

"날 원망하는 모습이 싫은 게 아니야."

십 년, 이십 년, 그 이상으로 수명이 빠르게 늘어 간다. 숫자가 원래의 자리를 되찾는다.

"나 때문에 괴로워하면서도 날 원망하지 못하는 게 더 싫었어."

그런데 글씨가 점점 옅어지더니 보이지 않을 정도로 흐려진 후에는 마지막으로 본 숫자가 뭐였는지 기억나지 않았다.

"그때는 나한테 정말로 죄가 있다고 생각했어."

수명이 완전히 지워졌음에도 성단은 여전히 살아 있었

다. 혹시나 하는 마음에 성단의 팔을 확 잡아채 내게로 끌어왔다. 온기가 느껴지는 거리까지. 갑자기 가까워진 거리에 성단의 얼굴이 확 달아오르자 그제야 실감이 났다. 아직 살아 있다고. 성단보다 더 가까운 곳에서 느껴지는 박동 소리가 다시 한번 알려 줬다. 이제 내게는 수명을 볼 힘이 없다고.

"뭐, 뭐 하는 거야?"

"가 봐야 할 것 같아."

"어딜?"

"금방 올게. 잠깐 혼자 있어 봐."

13. 마지막 부탁

혜성에게 영명의 부름은 이제 일상이었다. 처음에는 무척 긴장한 상태로 찾아갔던 것 같은데, 이제는 뭘 말해도 별로 놀랍지 않을 것 같았다.

"이번 부탁은 무슨……."

이곳에 오기 전까지만 해도, 혜성은 영명의 말을 듣고만 올 생각이었다. 영명을 직접 마주하기 전까지는 그랬다. 하지만 막상 마주하고 나니 직감적으로 무언가 달라졌음을 느꼈다.

영명은 혜성이 말끝을 흐리는 것을 보고 씩 웃으며 아무렇지 않다는 듯 어깨를 으쓱였다.

"보다시피야. 이제 나한테는 널 이길 힘도 협박할 방법도 없어."

"어떻게……."

"그걸 묻기 전에 우리 사이엔 해결해야 할 일이 좀 있잖아? 이 정도 기다렸으면 이자 쳐서 하나 정도는 더 들어줄 수 있지?"

혜성은 이제 언제든지 영명을 제압할 수 있었다. 아직 영명이 괴물이었다면 그랬겠지만, 정말로 사람이 된 거라면 손대지 못할 터였다. 영명이 대놓고 혜성을 불러낸 것은 혜성이 양심에 집착하고 있는 걸 알았기에 두는 강수였다.

"들어주면 알려 줄게. 내가 어떻게 인간이 된 건지 말이야. 이게 내가 널 설득할 수 있는 마지막 수단이야."

"나한테 부탁할 게 뭔데?"

"그 애의 기억을 먹어 주면 돼. 네 주특기잖아."

전혀 예상치 못한 부탁이었다. 영명은 그동안 많이 궁금했을 거 아냐, 라고 장난스레 덧붙이며 그동안 자신이 한 일을 말해 주었다. 이야기가 흐르면 흐를수록 경계심이 서려 있던 눈가에서 자연스레 긴장이 풀렸다.

"걔가 괴물의 존재를 알고 있으면 이제 힘들어지는 건

너야. 그럴 바에는 걔한테서 날 없애는 게 낫지."

"그게 진짜 이유는 아니지 않아?"

"겨우 궤도에 올린 목숨인데, 나한테 시달렸던 기억이 방해가 되면 어쩌나 싶어서. 걔도 이제 평범하게 살아야지."

정중히 대한 적은 없지만, 어쨌든 영명에게 성단은 마지막 발자국을 내딛게 해 준 은인이었다. 영명은 나름 보답하겠다는 생각으로 성단이 자신을 잊고도 계속 살아갈 방법을 찾아다녔다.

"죽겠다는 생각은 버렸으니까 조금만 시간을 주면 금방 잘 지내겠지. 부모와의 관계도 예전보다 나아지면 나아지지 더 나빠지지는 않을 거야."

죽을 이유가 없다는 것을 깨달은 지금이라면 성단은 금방 혼자 일어설 수 있을 것이다. 그리고 설령 영명의 존재가 지워진다고 해도 성단을 붙잡아 줄 동아줄이 남아있어야 했다. 영명은 자신이 아니어도 다른 누군가의 말과 행동이 금방 빈자리를 채워 줄 거라 여겼다. 영명은 문서호와 성단의 부모님이 충분히 그럴 사람들이라 믿었다.

"물론 몇 주 정도는 더 지켜봐야겠지. 우선은 천천히 거리를 두는 편이 좋겠어. 행여 잊더라도 괜히 공백을 느끼게 하면 안 돼."

"딱히 계획까지 들을 생각은 없었는데."

"쌀쌀맞긴. 뭐, 허락받아야 기억을 먹는다는 네 신념은 존중해. 하지만 네가 그 약속을 계속 지키는 이유는 괴물이 인간에게 개입하는 게 잘못됐다고 생각해서잖아."

"그런 식으로 말한 적 없어."

"하지만 그렇게 생각하잖아? 약속 얘기를 했을 때 너 얼마나 떨었는지 모르지? 마치 겁에 질린 것처럼 말이야."

그때 영명은 혜성에게서 행여나 자신의 행동이 민폐가 될까 조마조마해하며 행동하던 성단의 모습을 보았다. 처음에는 단순한 약속이었을지 몰라도, 인간 사이에서 오래 살았다면 그게 문제가 된다는 것쯤은 자연스레 익혔을 것이다.

"내 개입은 이걸로 충분해. 걔가 나를 기억하는 이상, 이 이후로도 나한테 계속 의지하려고 할 거야."

지금 영명에게 성단과 보냈던 시간이 즐거웠느냐 묻는다면, 전혀 그렇지 않다고 대답하지는 못할 것이다. 그러나 영명은 가까운 이를 떠나보낸 직후의 공백을 또다시 느끼고 싶지 않았다. 성단에게는 자신이 특별할지 몰라도, 자신에게 성단은 그런 존재가 되지 않아야 했다.

"난 이제 그 기대를 충족시켜 줄 자신이 없어."

설명을 이렇게 길게 늘어놓는 것이 영명 자신도 낯설었다. 이상하게 계속 설득해야 할 것 같은 기분이 영명을 내내 초조하게 했다. 겨우 짜낸 이유는 이제 주도권을 가져간 혜성의 말 한마디에 확 묻혔다.

"정말 계속 거리를 둘 수 있다고 생각하는 거야?"

"두려면 두지, 왜 못 두겠어? 친구도 생기고 가족이랑 다시 가까워지면 자연스레 그렇게 될 텐데."

"그 애를 바꾼 건 너야."

내내 끔뻑이던 눈꺼풀이 우뚝 멈췄다. 영명은 입을 꾹 다문 채 혜성이 하는 말에 귀를 기울였다.

"설령 걔가 혼자 일어설 수 있다 해도, 누군가가 널 대체하지는 못할 거야. 그때 걔를 도와준 건 너니까."

그 말을 듣고 영명은 떠올렸다. 성단에게 자신이 던진 말을. 누구도 다른 사람을 대체할 수 없다고 말해 놓고, 마지막에는 모든 걸 정상으로 돌려놓고 싶다는 욕심에 내내 해 온 생각마저 잊어버렸다.

　"나 참, 내가 말해 놓고 정작 내가 무시하고 있었네."

　"그리고 왜 네가 아직도 괴물인 것처럼 말하고 있어?"

　"응?"

　"넌 이제 인간이잖아. 같은 시간을 살아갈 수 있는데 왜 꼭 헤어져야 하는 것처럼 말해?"

　영명의 눈이 확 뜨였다. 정면을 응시하며 잠깐 고민에 빠진 듯하더니, 이내 교실 밖으로 새어 나갈 정도로 크게 웃음을 터뜨렸다. 마지막 웃음마저 사라진 뒤에 다시 말문이 트였다.

　"그러네. 이제 누구 속일 힘도 없구나."

　씁쓸하면서도 시원한 기분이었다. 예전처럼 재미를 좇으며 유랑하는 일은 꿈도 꾸지 못한다는 걸 알지만, 끝도 없는 지루함에 시달릴 일도 사라졌다는 것이 가장 큰 위안이었다.

　"어차피 떠나지도 못하네. 그럼 좀 더 지켜봐야겠어. 적당한 타이밍이 올 때까지 기다려 봐야지."

　"결정을 바꿀 생각은 없어?"

　"미룰 수 있는데, 굳이 일찍 지우고 말고를 결정할 필요가 있나?"

"그럼 두 번째 부탁은?"

"간단해. 이번에는 안 될 이유를 늘어놓을 필요도 없어."

영명은 손바닥을 펴 자기 가슴께를 툭툭 쳤다. 혜성은 그게 뭘 뜻하는지 금방 알 수 있었다.

"내 기억을 먹어 줘."

"진심이야?"

"수백 명의 인간을 죽여서 이어 온 삶이야. 보통 인간한테는 없는 기억이지."

인간의 일부를 빼앗으며 살아온 건 혜성도 마찬가지였다. 그러나 기억과 목숨의 무게는 확연히 다르다. 혜성 또한 그 사실을 잘 알았다.

"딱 한 번 인간과 깊은 관계를 맺은 적이 있어. 벌써 수십 년 전이지만."

"그때를 지워 달라는 거야?"

"그 반대야. 그때가 누군가를 죽이지 않고 살던 유일한 시기였거든. 그때 빼고 모든 기억을 지워 주면 좋겠어."

본인이 원한다면 거절할 명분은 없다. 하지만 하지 않

는 것과 불가능한 건 전혀 다른 문제였다.

"너도 알고 있지? 내가 이야기를 먹는 괴물인 거."

"그건 갑자기 왜?"

"내가 먹을 수 있는 건 하나의 이야기지, 아무 기억이나 골라 먹을 수 있는 게 아니야. 그때만 먹어 달라는 거면 들어줄 수 있지만, 특정 순간만 뺄 수는 없어."

"그럼 그때를 제외한 다른 기억을 이야기로 쪼개서 먹으면 되는 거 아니야?"

"네 입으로 그랬잖아, 수백 년을 살았다고. 수백 년어치를 일일이 이야기로 쪼개서 먹으려면 한 세월은 걸릴걸."

"그렇게라도 하면 되잖아. 어차피 이 일 마치기 전엔 결판 짓지 못해서 시간도 꽤 넉넉한데."

"넌 네가 괴물처럼 살았던 모든 순간을 지우고 싶은 거잖아. 그런 방식으로 기억을 전부 없애는 게 가능할지는 나도 몰라."

영명은 미간을 팍 찌푸리고 이마를 짚었다. 그냥 넘어갈 수 있는 일이 하나도 없어서 저절로 한숨이 나왔다.

"새로 출발하고 싶은 거면 그때 기억까지 지우는 게 나을걸. 기억이 없는 공백이 고작 몇 개월이어도 고생하는

데, 수십 년이면 보통 사람은 미쳐 버릴지도 몰라."

"내가 보통 같아?"

"이제 괴물도 아닌 네가, 괴물로 살았던 기억마저 잃으면 보통 사람이랑 뭐가 다르지?"

혜성이 몇 번씩이나 부탁을 거절했음에도 화내지 않은 이유는 단 하나였다. 혜성의 말에 수긍할 구석이 있기 때문에. 그건 이번에도 마찬가지였다. 이야기를 먹는 것이 일상이었을 혜성의 의견만큼 설득력 있는 말을 찾기는 어려웠다.

"다 잃거나 다 가져가거나, 둘 중 하나라는 거지?"

"깔끔하게 다 지워 버릴 생각이라면 말리지는 않을게."

그 정도로 고통스러운 기억이라면 차라리 다 지워 버리고 싶다고 해도 이상하지는 않았다. 혜성은 이미 비슷한 부탁을 들어준 적이 있었고, 그보다 더 나은 대처는 없었으리라 믿고 싶었다. 그때든 지금이든 대책 없이 내버려 두는 것보다는 이게 훨씬 나았다.

"지금 바로 결정할 거야?"

"뭐라고 조언하고 싶은데?"

"한번 결정하면 돌이킬 수 없는데, 미룰 수 있는 일을 섣불리 정할 필요는 없지, 안 그래?"

영명은 자신이 한 말을 똑같이 돌려주는 혜성에 말문이 막혔다. 그렇다고 딱히 불쾌하지는 않아서 얼굴 위에 여전히 웃음기가 남아 있었다.

"그럼 이제 내 감시는 그만둘 거지?"

"모를 거라고 생각은 안 했는데, 직접 들으니 좀 무섭네."

"무서워해야 할 건 나지. 이제 감시당해도 알아채지 못할 텐데. 앞으로는 날 감시할 이유도 없잖아? 위험한 구석도 없고."

혜성은 세월이 영명과 같이 있던 내내 부실 옆을 지켰던 때를 떠올렸다. 긴장하다 못해 조금의 일렁임에도 간담이 서늘했다.

"이세월이었나, 걔 꽤 괜찮은 상담사던데. 너만큼이나 말이야."

"칭찬 아니지?"

"걔한테 너무 심한 말이었나?"

분명 이제는 아무런 능력도 없을 텐데, 어떻게 말 한마디로 머리를 지끈거리게 하는지 신기했다.

"아직 할 말이 있는 눈이네?"

"어떻게 사람이 된 건데?"

"바로 들어오네. 그것도 왜가 아니라 어떻게로."

다행히도 영명은 혜성의 인내심을 그리 오래 시험하지 않았다.

"인심 썼다. 금방 말해 줄게. 너만큼 괜찮은 상담사한테 고마웠다는 인사만 하게 해 주면."

"내 허락 받을 필요가 있나?"

"받아야지. 까딱하면 당하는 건 이제 나잖아."

* * *

"오랜만이지?"

오늘 세월의 오후는 평화로울 예정이었다. 점심시간이 끝나기 직전 찾아온 영명이 아니었다면 정말로 그랬을 것이다.

"너 보러 온 거야. 그러니까 일어나."

"나?"

"지금 시간 비어? 하던 상담은 마무리하고 싶어서."

"잠깐이라면 부실로 갈까?"

"아냐. 부실은 좀 갑갑하고, 산책이나 하면서 얘기할까?"

세월은 마른침을 꿀꺽 삼키고는 본능적으로 주머니에 손을 넣었다. 받은 날부터 늘 주머니에 넣고 다니던, 소원이 건네준 부적이었다.

영명이 세월을 데리고 간 곳은 본관과 기숙사 사이의 산책로였다. 한쪽 끝에는 세월이 종종 쉬는 벤치가, 다른 쪽에는 작은 연못과 정자가 나란히 있었다. 영명은 나오자마자 정자 입구에 걸터앉더니 앉으라는 듯 옆자리를 툭툭 쳤다.

"점심 내내 실내에만 있으면 답답하잖아. 부실이나 도서관에만 있기에는 아까운 날씨기도 하고."

"곧 비 올 것 같은데?"

"아직 안 오잖아. 서늘하고 좋지 않아?"

세월은 마지못해 영명과 조금 떨어진 곳에 자리를 잡았다. 그리고 영명에게는 보이지 않을 반대쪽 주머니에 몰래 손을 넣었다. 영명은 그걸 눈치채자마자 세월의 팔을 휙 잡아채더니 손에 들린 부적을 가로챘다.

"이건 압수할게. 뭐, 어차피 이제 나한텐 통하지도 않지만."

영명은 그 말을 스스로 증명하려는 듯 직접 부적을 찢어 보였다. 부적 조각은 땅바닥에 떨어지는 대신 구겨진 채로 영명의 주머니 안에 쑤셔 넣어졌다. 세월은 당황한 기색을 보이지 않으려 최대한 가라앉은 목소리로 말문을 열었다.

"네가 상담 때 털어놨던 얘기 말이야."

"응?"

세월은 영명이 특이하다고만 생각할 뿐, 인간이 아닐 가능성은 떠올리지 못했다. 그나마 그게 세월이 영명을 앞에 두고도 멀쩡할 수 있는 이유였다.

"그거, 정말 네 얘기야?"

"그러게. 어떨 것 같아?"

"글쎄……. 그럼 고민은 해결했고?"

"적당히는. 이제 금방 괜찮아질 거야. 아예 새로 시작할까 고민 중이거든."

모르는 이가 들으면 평범하게 새로 출발한다는 소리로 알아들었을 거다. 그러나 영명을 수상하게 여기던 세월에게는 그 말이 전혀 다르게 들렸다. 이제야 자신의 속내를 털어놓는 것처럼 보였다. 그리고 실제로 영명이 말속에 숨긴 본래의 뜻이기도 했다.

"그게 네 진짜 고민인가 보네. 근데 새로 시작한다는 게 꼭 좋은 말은 아닌 것 같아."

"응?"

"무슨 일이 있었는지 모르겠지만, 과거를 무작정 외면해서 좋은 꼴 맞이하는 걸 본 적이 없거든."

세월은 자신이 이런 말을 꺼냈다는 것에 조금 놀랐다. 그러나 곧이어 떠오른 일이 금방 퍼즐의 빈 곳을 채웠다. 오랜 시간 가져온 꿈을 외면하고 다른 선택을 했던 해원이 결국 꿈을 찾아 돌아왔었지. 근데 해원이 처음에 무슨 부탁을 했더라. 그리고 그걸 어떻게 해결했지? 세월은 어렴풋이 남아 있는 예전 기억이 온전치 않다는 것을 다시금 실감했다.

'그래, 확실히 지금 내 상태도 좋은 꼴이라고 부르긴 어렵겠네.'

이 찜찜한 기분이 가시지 않는 이상 말이다.

"무척 답답한 일이더라고. 뭘 실수하면 안 되는지 알아야 나아가든 말든 하는데 말이야."

"과거에 매여 있는 편이 더 답답하지 않나?"

"과거가 사라진다고 내가 바뀌는 게 아니니까."

과거는 지운다고 해도 없어지지 않는다. 설령 기억의 형태로 남아 있지 않더라도 시간을 타고 쫓아와 어떻게든 자신의 존재를 알린다. 어차피 자신을 쫓아올 과거라면, 안개 너머를 알고 있는 것이 아무것도 모르고 상상하는 것보다 훨씬 나았다.

"제법이네. 임혜성이 얼마나 꼭꼭 숨기던지, 혼자서는 아무것도 못 하는 온실 속 화초인가 했어."

"인질로 삼으려 했다는 거 말하는 거야? 그 정도 위협이었으면 화초가 아니더라도 보호받았을걸."

"이렇게 직구를 던질 줄은 몰랐는데."

"그리고 네가 날 해칠 생각이었다면 뜸 들이지 않고 진작 해쳤겠지."

"그걸 어떻게 자신해? 내가 얼마나 변덕스러운데. 네 말에 속이 뒤틀려서 홧김에 널 죽였을지도 모르잖아?"

영명은 정자 아래로 늘어뜨린 다리를 그네처럼 흔들었다. 그 주기가 신기하리만치 일정해서 마치 답이 언제 돌아올지 시간을 재는 시계추 같기도 했다.

"인질이랬으니까."

"응?"

"날 죽이는 게 목적이 아니라, 임혜성을 이용하기 위해서 내 목숨이 필요했던 거겠지."

다리의 움직임이 우뚝 멈췄다.

"그 애의 말을 곧이곧대로 믿는 거야?"

"네가 날 진짜 죽이려 했다면 임혜성이 인질 대신 다른 핑계를 댔을 거야. 아니, 애초에 내가 반대하든 말든 널 내게서 완전히 떨어뜨려 놨겠지."

"아니, 그 말이 아니라…… 임혜성이 네 목숨을 소중히 여긴다고 정말 확신할 수 있어?"

온실 속 화초. 세월은 영명의 비유가 딱 맞을지도 모른다고 생각했다. 혜성 스스로도 그 온실을 넘어오길 꺼린다고 내내 느꼈기 때문이다. 혜성의 온실은 도대체 무엇으로부터 나를 지키려고 만들어진 걸까, 세월은 의구심이 들었다. 하지만 하나는 확신할 수 있었다.

'그 애는 내가 필요해.'

영명은 흔들림 없는 세월의 눈동자와 마주했다. 긴장

을 아직도 풀지 못했는지, 꽉 쥔 주먹은 여전히 떨리고 있었다.

"널 인질로 잡아 둘 이유는 이제 없어. 바라는 건 다 이뤘거든."

"다 이뤘다고?"

"좀 편히 대해 줘, 이제 오래 볼 사이인데. 적어도 같은 공간에는 있어야 하잖아."

영명은 별다른 설명을 덧붙이지 않은 채 정자 끄트머리에서 내려왔다. 자신의 뒤통수를 쏘아보는 시선을 무시하고 재빨리 자리를 떠났다. 한쪽 손은 자연스레 휴대폰을 들어 익숙한 곳으로 메시지를 보내고 있었다.

* * *

"갑자기 생각을 바꾼 이유가 뭐야?"

"바꿨다기보다는, 원래 계획보다 뒤로 미룬 거지."

영명이 혜성에게 보낸 메시지의 내용은 고작 두 줄이었다. 밤에 잠깐 시간을 내라. 그리고 기억을 지워 달라는 부탁은 일단 무시해라. 별다른 설명이 덧붙여지지 않은 탓에 메시지는 온종일 혜성의 머릿속을 시도 때도 없이 휘저었다.

"기억을 잃은 당사자가 직접 말하는 건 좀 다르게 느껴지더라고."

"설마 허튼짓을 한 건……."

"몰래 확인했을 거 아냐? 인사는 잘 하고 왔어. 손끝 하나 안 건드렸고, 이젠 건드릴 필요도 없으니까 걱정하지 마."

인간이 되어도 요령은 여전한 건지, 영명은 본관의 빈 교실을 밀담 장소로 잡았다. 영명은 발을 가만두기 어려운지 교실을 빙빙 돌았다. 영명이 두 바퀴쯤 돌았을 때 주머니에 손을 푹 넣었다.

"왜 네가 본능적으로 이야기를 먹고 싶어 하는지 생각해 본 적 없어?"

찢은 부적은 언제 챙겼는지 영명은 주머니에서 꺼낸 부적 조각을 구겨 하나의 공처럼 만들어 보였다.

"사람의 영혼은 사실 이것저것 뭘 때려 넣어서 만든 거거든. 사람이기 위해 필요한 모든 것. 그걸 뭉쳐 놓은 걸 영혼이라고 하는 거야."

종이로 만든 공은 조금만 건드려도 금방 다시 부서질 것처럼 위태로웠다. 영명은 그걸 손바닥 위에 조심스레 올려놓았다.

"왜, 생각보다 덜 거창해서 실망했어? 난 이걸 알고 오히려 놀랐는데. 신기하잖아. 서로 닮은 구석이라고는 없는 것들이 뭉쳐서 하나처럼 느끼고 움직인다는 게."

"그래서 요점이 뭔데?"

"여기까지 들었으면 알아챌 만도 하지 않아? 다 모여야 겨우 하나처럼 움직이는데, 부품 하나라도 빠지면 어떻게 되겠어?"

영명이 조각 하나를 뽑자 공 한쪽이 우수수 무너져 내렸다. 그러나 반대편은 여전히 둥그런 모양을 유지하고 있었다. 영명은 떨어진 조각을 털어 내며 남은 공 부분을 엄지와 검지로 집었다.

"어떤 이유로든 제대로 뭉쳐지지 못한 영혼들. 그게 우리야."

영명이 조심스레 집어 올린 종이 뭉치는 손바닥에서 데구르르 구르더니 손아귀 힘 한 번에 꽉 뭉쳐졌다.

"난 이거 처음 알았을 때 좀 웃겼어. 어쩐지 괴물끼리 닮은 구석이 하나도 없더라니, 나사 빠진 곳이 달라서 그랬구나 싶더라고."

영명은 힐긋 혜성의 안색을 살폈다. 따지고 보면 출생의 비밀을 들은 셈이니 파랗게 질려도 딱히 이상할 것은 없었다. 파랗다고 보긴 어려웠으나, 표정은 확실히 굳어 있었다.

"왜, 놀랐어? 생각했던 것보다 네가 인간에 가까워서?"

"넌 어떻게 그 빈 곳을 채운 건데?"

감상 없이 훅 들어온 본론에도 영명은 꼬투리를 잡는 대신 침착히 대답을 이어 갔다.

"처음 사람을 살렸을 때, 기운이 확 약해진 걸 느꼈어. 원체 갖고 있던 힘이 꽤 있었으니 사는 데 불편하진 않았지만."

"살렸다고?"

"원래는 죽는 걸 도울 생각으로 접근했는데, 소원을 들어줬더니 갑자기 살고 싶어 하더라고."

"그럼 그 애한테 접근했던 것도……."

"죽을 이유를 알아야 부정을 해 주지. 캐내기 힘들어서 좀 고생했지만."

"말했다면 도와줬을 텐데."

"네가 믿었을 리가 없잖아. 마음에도 없는 소리 마."

영명은 쥐고 있던 종이공을 툭 내려놓고는 자신의 목덜미를 검지로 가리켰다.

"짐작했겠지만, 내가 수명을 갈구하는 이유는 내 영혼에 수명이 없었기 때문이야. 언제 태어나 언제 떠나는지, 이 땅과 얼마나 연을 맺을지 정해진 게 없는 거지. 그게 있어야 형체를 갖고 살아갈 수 있는데 말이야."

"그게 어떻게 형체를 갖고 사는 거랑 관련이 있는 거지?"

"쉽게 말하면 인간의 영혼과 세상은 일종의 계약 관계야. 특정 조건을 채우는 대신 여기서 온전히 살아가게 해준다, 그게 둘 사이의 계약이지. 괴물은 그런 조건을 채우지 못해서 온전히 세상에 섞이지 못하는 거고."

"그래서?"

"세상에 섞이고 싶다는 본능 탓에 수명을 원하지만, 내가 얻을 수 있는 건 타인의 수명밖에 없지. 겨우 흡수해도 내 것이 아니니 금방 사라지고 말이야. 그러니 온전한 계약을 맺을 수도 없어."

영명은 사람을 살리는 데 성공했던 몇 안 되는 순간을 떠올렸다. 과거가 점점 멀어지고, 기운이 사그라드는 데도 기분은 이상하리만치 더욱 편안했다.

"부족한 부분을 빼앗는 대신 스스로 만들어 내는 것. 그게 내가 깨달은 인간에 가까워지는 조건이야."

앞에 있는 게 영명이 아니라면, 그래서 자존심을 세울 필요가 없었더라면 혜성은 자신의 입을 틀어막았을 것이다. 그래서 살렸구나. 사람을 살린다는 것은 누군가의 명을 이어 줄 능력을 가졌다는 거니까.

"괴물의 힘은 영혼이 불안정한 데서 나오는 거야. 영혼이 스스로 지킬 줄 모르고 마구 힘을 쓰는 거지. 그러다 힘을 다 쓰면 영혼 자체가 사라지는 거고. 그 전에 안정을 찾으면 힘은 잃겠지만, 영혼은 완성된 형태를 갖겠지."

"네 말대로라면 네 명이 그리 길지는 않겠네. 꽤 오래 산 모양이던데."

"영혼이 완벽하게 존재하기만 하면 얼마나 힘을 써 댔든 수명엔 별문제 없어. 아, 근데 내 수명이 어떨지는 모르겠네. 이제는 못 보니까."

영명은 혜성의 질문을 기다렸으나, 이어지는 건 침묵

이었다. 혜성은 아무런 대꾸 없이 한동안 바닥을 응시하다 불쑥 고개를 들었다.

"차라리 네가 부럽다."

"그래, 이제 깨달았구나? 네가 뭘 만들어야 하는지."

혜성은 이야기를 먹는다. 그건 단순한 기억이 아닌, 누군가를 주인공으로 움직이는 하나의 서사다. 누구를 주인공으로 하든, 자신의 손으로 직접 만들어 낸 이야기가 혜성을 인간으로 이끌 것이다.

"가장 유력한 후보는 내 손으로 직접 망가뜨렸어. 그 애는 이야기를 다시 시작하길 바랐지만, 솔직히 지금의 내게 그럴 힘이 있는지는 모르겠어."

"다시 시작하길 바랐다고?"

"내게 기억을 먹어 달라고 부탁한 건 그 애야. 날 떠나게 내버려 둘 생각이 없다고 했거든."

영명은 자신을 곧게 향하던 세월의 눈빛을 떠올렸다. 평범치 않다고는 생각했는데, 설마 그 정도로 무모할 줄은 몰랐다.

"그런 애면 걱정하지 않아도 되겠네."

"무슨 소리야?"

"네게 힘이 없어도 그 애에게 있으면 되는 거잖아. 애초에 휘어잡히는 쪽은 언뜻 들어도 너던데."

혜성이 그 말뜻을 이해하기도 전에, 영명은 창문을 열어 작별과 동시에 뛰쳐나갔다. 순간 제정신인가 싶어 급히 뒤쫓았으나 창 너머에서 아무런 비명도 들려오지 않았다. 혜성이 미심쩍게 아래를 바라보자 영명이 어깨를 이리저리 풀며 환히 웃어 보였다.

"신체 능력 정도는 허전하지 말라고 남겨 줬나 봐, 안 그래?"

"자랑이다."

14. 기약 없는 약속

금방 온다던 영명은 며칠째 얼굴을 비추지 않았다. 신기할 정도로 눈에 잘 띄지 않는 것은 여전했다. 내 일상은 그사이 조금은 변했다. 반 애들과 인사하게 됐고, 종종 한두 마디 잡담이 오가기도 했다. 특히 유영과는 더욱 자주 그랬다. 그게 전부였다. 나는 여전히 누군가와 가까워지는 것이 두려웠다. 그러나 이미 가까워진 사람들을 밀어낼 생각은 없었다. 앞으로 계속 살아가려면 마냥 혼자인 건 어려울 테니까.

죽을 이유를 잃어 아무것도 남아 있지 않던 내게, 서호는 때맞춰 전화를 걸어왔다. 축제 날부터 고작 이틀 후였고, 영명이 갑작스레 사라진 날이기도 했다.

"겨울방학 때 뭐 해?"

"방학?"

죽기로 결심한 날 이후로, 나는 미래를 어떻게 보내야 할지 생각한 적이 없었다. 그게 너무 익숙해진 나머지 이제 내게 기나긴 앞날이 생겼다는 것을 깨닫지 못했다.

"응. 방학하면 같이 놀러 가자. 이번 겨울 아니면 앞으로 마음껏 놀기도 힘들 거 아냐."

서호를 처음 만났을 때 같은 말을 들었다면 뭐라고 답했을까. 길게 망설였을 거다. 그럼 서호는 그걸 거절로 알아듣고 내게 두 번 다시 같은 질문을 하지 않았겠지. 그만큼 상냥한 사람이니까.

"가고 싶은 곳 있어?"

"스키장은 어때? 여기서 버스만 타면 바로 갈 수 있는 곳도 있잖아."

"좋지. 며칠 정도는 시간 낼 수 있을 것 같아."

"그럼 나중에 언제 괜찮은지 미리 말해 줄래?"

알았다는 말과 함께 통화를 마쳤다. 거짓말을 했을 때 느껴지는 찝찝함은 어디 하나 남지 않았다. 죽으려는 이유가 사라진 그날, 나는 살아서 겨울을 봐야 할 이유를 선물받았다.

금방 온다던 영명이 나를 찾아온 것은 그날로부터 꽤 지난 후였다. 며칠 전, 영명에게서 오늘 밤에 보자는 문자를 받았다. 영명치고는 꽤 정상적인 방문이었다. 첫 마디를 듣자마자 깨진 생각이긴 했지만.

"죽을 이유를 못 찾겠다는 말, 아직 유효하지?"

그 난리를 피워 놓고 이미 했던 말을 며칠 사이에 바꿀 생각은 없었다. 다만 한 가지가 조금 마음에 걸릴 뿐이었다. 영명은 이따금 내가 아닌 내 위쪽을 확인하듯 올려다보고는 했다. 가장 최근까지도 그랬다. 그런데 오늘은 그쪽으로 한 번도 시선이 가지 않았다.

"그렇다고 하면 떠날 거야?"

영명은 그 말에 아무 대꾸도 하지 않았다. 평소처럼 놀리는 거라고 생각하고 싶어도 표정에서 여유가 보이지 않았다.

"먹을 수명이 부족해서 그래?"

"뭐?"

"내가 죽지 않아서, 그래서 다른 사람을 찾으러 떠나는 거야?"

오늘의 영명은 이상하리만치 솔직했다. 모든 것이 가소롭다는 듯 나를 대하던 태도는 어디 가고, 고작 말 한마디에 평소답지 않게 안색이 굳어졌다.

"늦게 말해서 미안해."

"진짜 떠나려고?"

홀연히 나타났으니 사라질 때도 당연히 그럴 것이라고는 생각했다. 다만 그게 지금일 거라고는 예상하지 못했다. 어떻게 붙잡아야 하나. 아니, 붙잡을 명분이 있을까. 붙잡을 수가 있기는 한가. 아무 대답도 하지 못하는 사이, 영명이 다시 입을 열었다.

"아니, 그 얘기가 아니라…… 솔직히 말해야 했던 게 있어서 말이야."

내려앉을 뻔했던 마음이 겨우 바로 섰다. 나는 이어지는 말을 단 한 마디도 놓치지 않으려 집중했다.

"네가 정말로 죽어야 할 이유를 댔다면, 난 동의서대로 네 죽음을 도왔을 거야."

"그런데?"

"하지만 난 너에게 그걸 바라고 동의서를 건넨 게 아니야."

오히려 그러지 못하기를 바랐어. 영명이 말하지도 않은 말이 뒤이어 들리는 것 같았다. 과거를 캐내면서까지 왜 그토록 빨리 이유를 찾으려는지 의문이기는 했다.

"죽음을 말리면 내 말을 듣지 않아. 위로해 주려고 해도 소질이 없어."

오늘의 영명은 도무지 괴물 같지 않다. 속에 있는 이야기를 회상하듯 드문드문 꺼낸 적은 있으나, 이렇게까지 서툴게 말하지는 않았다.

"그래서 이 방법을 택했어. 끝을 미루고, 겨우 얻어 낸 시간 안에 변할 수 있도록."

내가 누군가에게 영향을 주는 것이 너무나 싫었다. 영명이 편했던 이유도 나로 인해 변하지 않을 것 같아서였다. 그러나 지금 내 앞에 있는 사람은 마지막으로 보았던 영명의 모습과 전혀 겹치지 않았다. 무슨 일이 있었는지 듣기 전에, 나는 이 변화가 다른 누구도 아닌 나 때문이기를 바랐다. 그게 내가 끔찍하게 싫어하는 일이라는 것을 잊지 않았음에도.

"이 정도로 솔직히 털어놓지 않아도 괜찮았을 것 같은데."

"네가 알아 뒀으면 해서."

"뭐를?"

"내가 널 죽일 생각은 없었다는 거."

혹여 이별 인사일까 싶어 한마디 한마디에 신경이 쓰였다. 눈치가 빠른 건 여전한지, 정곡을 찌르는 한마디가 훅 들어왔다.

"앞으로 계속 봐야 할 텐데, 오해가 있으면 찜찜하잖아. 그것뿐이야."

거울이 없는데도 얼굴 근육이 풀어지는 게 절로 느껴졌다. 안도했다는 것을 딱히 숨길 생각도 없었다. 어렴풋이 느껴졌지만 말로 나오지 않던 진심이 어떻게든 영명을 붙잡으려는 듯 순식간에 입 밖으로 튀어나왔다.

"나는 아직 네가 필요해."

필요하다는 건 변하지 않았다. 다만 그 이유가 눈앞에서 바뀌고 있을 뿐이었다. 영명에게 보이는 일말의 변화가 나 때문이라면, 그 끝을 볼 수 있을 때까지는 내 곁에 남아 줬으면 했다.

"그러니까 떠나야 한다면 미리 말해 줘. 떠나지 말라고는 하지 않을게."

미리 안다면 어떻게든 막을 수는 있을 테니까.

"어차피 당장은 못 떠나."

혜성의 조언이 계속해서 머릿속에 맴돌았다. 성단을 구한 건 나니까, 나를 대체할 사람은 찾지 못할 거라는 말이. 그렇다면 사람이 된 나는, 그래서 이제는 아무런 능력도 없는 나는 성단을 구했던 나를 대체할 수 있을까. 여전히 별만큼 선명한 그 애가 떠오른다. 누군가가 존재만으로 특별할 수 있다는 걸 내게 알려 준 그 애가. 그러나 성단은 그걸 깨닫지 못해 오랜 시간 형의 뒤를 좇았다.

"당장 떠나지는 않아. 사정이 생겨서 말이야."

네가 자신을 정말로 특별히 여길 수 있을 때까지. 부모님 이야기를 자연스레 꺼낼 수 있을 때까지. 다른 사람에게 손을 뻗는 걸 주저하지 않을 때까지 기다려야 한다. 내가 사람이 되었다는 것을 밝히려면 말이다.

"그러니까 걱정하지 않아도 돼."

이렇게 평범하게 살면 지루한 일상조차 재밌어지는 날이 오겠지. 내가 기억을 버리든 그러지 않든 언젠가 끝은 찾아올 것이다. 그래도 기억을 갖고 있는 편이 별이 된 그 애를 찾아가기에 더욱 편하겠지.

"그동안은 일부러 그런 거야?"

"뭐가?"

"아니, 지금이 평소 모습인가 싶어서. 원래는 말도 좀 더 막 하고, 행동도 더 자유로웠잖아. 날 일부러 자극하려고 그렇게 행동한 거야?"

"그건 아니야. 그냥 습관이 돼서 그랬던 거지. 왜, 그때가 더 편해?"

"어느 쪽이든 네가 편한 게 훨씬 나아."

아직 나를 괴물로 알고 있을 텐데도, 나를 배려하는 대답이 이상하게 간질거렸다. 예전에는 느끼지 못했던 박동이 나지막이 울렸다. 작은 움직임에도 그 소리는 몸 전체를 타고 번졌다.

"진짜 변했나 보네."

"응?"

"별거 아니야. 그래서, 내가 없는 동안은 어떻게 지냈어?"

재잘대는 목소리가 전에 없이 편안했다. 이제는 성단이 죽고 싶어 하던 이유를 알아내려 애쓰지 않아도 된다.

그냥 편하게 이 애의 말을 있는 그대로 들으면 될 뿐이다.

* * *

성단에게 영명이 그랬듯, 혜성이 세월에게 다시 말을 거는 것도 꽤 다짐이 필요한 일이었다. 용건 없이 찾아가 더라도 반갑게 맞아 줄 세월이지만, 비밀을 품은 당사자 는 마냥 속 편히 대하기 어려웠다.

혜성은 올해를 찬찬히 되새겼다. 세월이 어떻게 이만 큼 변했더라. 소원은 언제부터 부적을 내밀지 않았더라. 자신은 왜 세월에 얽매이면서도 벗어나려 하지 않는 걸 까. 누군가와 연을 맺는 것조차 힘들어하던 이 셋은 어떻 게 그리 많은 사람을 도왔더라. 이야기를 들어 주고 선택 을 돕는 것. 사실 그게 전부였다. 정답을 말하는 게 아니 라, 이런 길도 있다고 알려 주는 일을 해 왔을 뿐이다.

소원이 말한 세월을 도울 방법. 그것도 아마 지금까지 해 온 일과 크게 다르지는 않겠지. 혜성은 소원의 조언을 믿었다. 얼마 없는 주변 사람 중에서 소원은 그나마 사람 을 아끼는 법을 아는 사람이었다.

동아리에 관한 대화만 오가던 며칠이 지나고 혜성이 먼저 할 말이 있다며 입을 열었다.

"오늘은 말해 주려고?"

기대 없이 가볍게 묻는 말이라는 것을 혜성도 알았지만 불안함에 속이 거북했다.

"아직은."

오늘 혜성이 준비한 것은 다른 말이었다. 세월에게 비밀을 알려 주는 때를 먼저 말할 테니, 세월의 상처를 자신에게 털어놓을 수 없겠느냐 물으려 했다. 반년 동안 해 왔던 상담의 상대가 이번에는 세월인 것이다. 상대 쪽에서 먼저 부탁하는 것이 아니라, 상담해 주는 쪽에서 먼저 권유하는 것이다. 그렇게 생각해도 긴장이 도무지 가시지 않았다.

"부탁이 있어."

그러나 부탁은 혜성만 있는 게 아니었다. 세월의 갑작스러운 말에, 혜성은 당황한 기색을 최대한 숨기고 씩 웃어 보였다.

"잘됐네. 나도 부탁할 게 있었는데."

"그럼 내가 먼저 말할게."

세월의 호흡이 잠깐 길어졌다. 굽지 않은 어깨를 괜히 한번 펴더니, 평소보다 올곧은 자세로 혜성을 마주했다. 서툴게나마 마음을 다잡는 모습에, 혜성은 세월의 부탁이 자신과 같음을 직감했다.

"널 상담하게 해 줘."

세월은 혜성이 자신을 특별히 여긴다는 것을 눈치챘다. 영명과의 대화에서 짐작은 더욱 확실해졌다. 그러나 고민만 해서는 그 이유를 결코 알 수 없었다. 그것 말고도

알고 싶은 것은 차고 넘쳤다.

영명은 대체 누구기에 혜성을 위협한 건지. 영명에게 한 말을 혜성은 왜 자신에게 한 말처럼 반응한 건지. 왜 자신이 혜성에게 필요한지.

전부 혜성과 관련된 것이었다.

"내가 무슨 고민이 있는 줄 알고 상담할 생각인데?"

"글쎄, 뭐든 좋지. 가령 언제 내게 비밀을 말할지 같은 거."

그리 크지 않은 부실에서 사람들을 관찰하던 아이는 이제 문밖으로 나와 붙잡고 싶은 사람에게 손을 뻗었다. 여전히 어떻게 다가가야 할지 모르지만 자신에게 익숙한 방법을 소중하게 내민다. 그 손이 향한 사람은 다행히도 얼마나 큰 용기를 낸 손길인지 알기에, 누구보다 조심스레 받아들였다.

"상담료는 네 비밀로 받을게."

혜성은 세월의 제안에 준비해 온 말을 전부 놓치고 말았다. 힘들면 언제든 의지해 달라고. 기억이 너를 괴롭히면 지워 줄 테니 죄책감 같은 건 갖지 말고 부탁하라고. 그게 두렵다면 내게 널 상담할 기회를 달라고 말할 계획이었다. 그러나 저 손 한 번을 붙잡기 위해서라면 모든 걸 던져 버려도 괜찮았다.

"걱정하지 마, 후불로 해 줄 테니까. 다른 궁금한 것도 차고 넘치거든."

"예를 들면?"

"평소에는 뭘 하고 지내?"

분위기를 순식간에 일상으로 끌어오는 질문이었다. 혜성은 자신이 놓친 모든 말을 돌아보는 대신 자신을 향한 세월의 눈길을 마주했다. 초여름 옥상에서 오갔던 서툰 문답은 사라졌지만, 앞으로는 그보다 훨씬 긴 시간 세월과 이야기를 나누게 될 것이다. 세월이 잃은 기억을 전부 채우고도 남을 만큼.

16회차 상담 일지

상담자: 이세월

내담자: 임혜성

상담 일지라고 적긴 했지만, 이건 일기다. 일기를 써 본 적이 없다 보니 괜히 부끄러워 이름을 빌렸을 뿐이다. 매번 자각하지 않으면 정말 있었던 일만 그대로 쓰기 때문에 첫 문장은 꼭 이렇게 쓰게 된다.

겨울방학이 머지않았다. 올겨울은 유난히 눈이 많이 내린 덕에 기분 전환하러 밖에 나간 적이 많았다. 오늘 상담은 연못 옆 정자에서 이루어졌다. 얼어붙은 연못 위에 쌓인 눈은 발자국 하나 없이 새하얬다. 나는 그 못을 홀린

듯 쳐다보다 오 분이 지나서야 상담을 시작했다.

오늘은 좋아하는 책에 대해 이야기를 나누었다. 혜성은 소설책 한 권을 이야기하면서 도서관에도 있다고 했지만 나는 이번 학기 내내 그 책을 본 적이 없다. 이것도 혜성의 비밀과 관련된 걸까 싶어 적어 두기로 했다.

참, 오늘 상담 끝 무렵에는 산책 중이던 영명과 마주쳤다. 옆에는 모르는 남자애가 있었는데, 혜성이 빤히 쳐다보는 걸 보니 아는 사이인가 싶었다. 혹시나 해서 그 애가 누군지 묻자 혜성의 대답이 돌아왔다.

"나랑은 크게 관련 없는 애야."

그 남자애는 혹시 영명의 정체를 알고 있을까. 그렇다면 혜성에 대해서도 알고 있지 않을까. 그렇다고 다른 사람의 입을 통해 혜성에 대해 듣고 싶지는 않다. 감정조차 제대로 갖지 못하는 내가 비겁하기까지 하면 남에게 다가갈 수 없을 테니까.

"네 비밀에는 관련이 있고?"

"약간은. 하지만 몰라도 크게 상관은 없어."

상담이 한 시간쯤 지날 때면 어김없이 소원이 찾아온다. 급식이 맛없는 날에는 간식을 사 오기도 한다. 오늘도 예외는 아니었다.

"방학 때 뭐 할 거냐?"

"여기 있어야지. 갈 곳도 딱히 없고. 윤소원, 넌?"

"나도 남을 것 같은데, 중간에 잠깐 집에 다녀올 것 같긴 해. 어머니한테 혼날 일이 좀 있어서."

그게 뭐기에 표정이 싹 굳을까. 그래도 금세 화색을 띠는 걸 보면 생각보다 심각한 일은 아닌 모양이었다. 혜성은 소원이 들고 온 찐빵을 건네며 내게도 조심스레 물어왔다.

"세월이 너도 방학 때 남을 거지?"

"응. 집에 갈 생각은 없으니까."

나는 아직도 소원에게 내 과거를 털어놓지 않았다. 혜성에게 어렴풋이 털어놓은 게 마지막 고백이었다. 소원에게 털어놓았다면 말하는 순간 내가 괴로워했어야 할 몫까지 다 떠맡을 것 같았다. 그 정도로 흔들리는 모습을 보고 싶지는 않다. 소원이 소중해서도 그렇지만, 내가 얼마나 무감정한 사람인지 다시금 확인하는 것이 괴롭다.

"학원보다는 여기서 공부하는 게 편해."

상담이 끝나고는 뭘 했더라. 맞아, 영명이랑 다시 눈을 마주쳤던 것 같기도 하다. 영명은 마주치면 늘 인사를 건넸고, 종종 나를 재밌는 애라고도 불렀다. 물론 예전만큼 멋대로 행동하는 일은 거의 없다. 좀 더 어른스러워졌다고 해야 하나.

오늘은 여기에서 마쳐야겠다. 자율학습 시간이 끝나간다. 오늘처럼 눈이 많이 내린 날은 밖에 나가 눈사람이라도 만들어야 한다고 소원이 그랬지. 쉬는 시간 내내 푹 쉬기는 글렀다. 그래도 한밤중에 눈 위를 뛰어다니는 건 감성을 채우는 데 도움이 될지도 모른다. 혜성은 어떠려나. 눈을 좋아할까. 오늘 그걸 묻고 싶었는데, 정신이 없던 탓에 미처 묻지 못했다.

지금 물어보러 가야겠네.

이게 오늘 일지의 끝이다. 다음 일지는 언제 쓰게 될까. 그때도 눈이 내렸으면 좋겠다. 오늘 정자에서 보낸 저녁은 꽤 즐거웠으니까.

작가의 말

　이 이야기를 쓰기로 했을 때, 저는 두 선택지 사이에서
꽤 오래 고민했습니다. 기존 인물들의 후일담 혹은 새로
운 서사의 시작, 어떤 쪽을 독자분들이 더 원할지 고민했
거든요. 저는 결국 후자를 택했습니다. 인물들이 단순히
자신의 실수를 수습하는 것에서 그치지 않고, 혼자였다면
볼 수 없었을 미래를 향해 함께 나아가는 모습을 그리고
싶었어요. 에필로그를 보고 예상하셨겠지만 2권은 이야
기의 마지막이 아닙니다. 가능하다면 이후의 이야기도 계
속 써 나갈 생각이에요.
　'죽음 동의서'는 사실 예전에 기획했던 한 중단편 플롯
에서 따온 소재입니다. 죽음을 앞둔 인물이 자살을 택한

또 다른 인물에게 '죽고 싶으면 동의서를 작성해라, 그러기 전까지는 필사적으로 너의 죽음을 방해하겠다'라며 쫓아다니는 이야기였죠. 이 두 인물이 영명과 성단의 전신입니다. 겉모습은 사람 같지만 중요한 부분이 결여된 혜성과 달리, 누구보다 괴물 같은 영명은 성단을 도움으로써 인간이 되겠다는 목표를 이루고야 맙니다.

눈치챈 독자분도 있을지 모르겠지만, 성단이 저지른 실수는 성단 자신의 이름과 어느 정도 연관이 있습니다. 사람을 천체로 비유한다면, 하나의 별로 비유하기에는 속에 너무나 많은 것이 얽히고설켜 있다는 생각이 듭니다. 성단은 이제 기억에서조차 흐릿한 형, 성운을 좇느라 자신의 내면에서 반짝이는 별을 제대로 보지 못하는 인물입니다. 그게 성단이라는 이름을 붙인 이유고요.

지난 1권을 작업할 때와 마찬가지로, 감당하지 못할 민감한 소재를 다루는 게 아닌가 꽤 고민했습니다. '누구도 다른 누군가를 대체할 수 없다'는 주제가 행여 흐려질까 걱정도 됐어요. 그럼에도 꼭 말해 보고 싶다는 생각이 들었습니다. 한번 마음에 든 이야기가 있으면 표현하지 않고서는 견딜 수 없나 봅니다. 그런 의미에서 속에 있는 이야기를 글로 전달할 수 있다는 건 큰 축복인 것 같아요.

제 이야기가 다른 사람들에게 읽힐 수 있도록 해 주신 출판사분들, 늘 피드백 주시느라 고생하시는 최웅기 편집자님과 이번에도 멋진 일러스트로 책의 개성을 한층 살려 주신 리페 작가님, 언제나처럼 응원해 준 친구들과 학원 아이들이 2권을 기다린다며 격려해 주신 부모님에게 감사의 인사를 드립니다.

명소정

너의 이야기를 먹어 줄게 2

초판 1쇄 발행일 2023년 6월 2일
초판 2쇄 발행일 2024년 12월 1일

지은이   명소정
그린이   리페
펴낸이   강병철
편집   최웅기 정사라
디자인   박정은
마케팅   최금순 이언영 연병선 송의정
제작   홍동근

펴낸곳   이지북
출판등록   1997년 11월 15일 제105-09-06199호
주소   (04047) 서울시 마포구 양화로6길 49
전화   편집부 (02)324-2347, 경영지원부 (02)325-6047
팩스   편집부 (02)324-2348, 경영지원부 (02)2648-1311
이메일   ezbook@jamobook.com

ISBN 978-89-5707-351-3 (43810)